From Interest to Taste

以文藝入魂

四維街一號

楊双子 著

此書獻給楊双子中的妹妹・楊若暉。

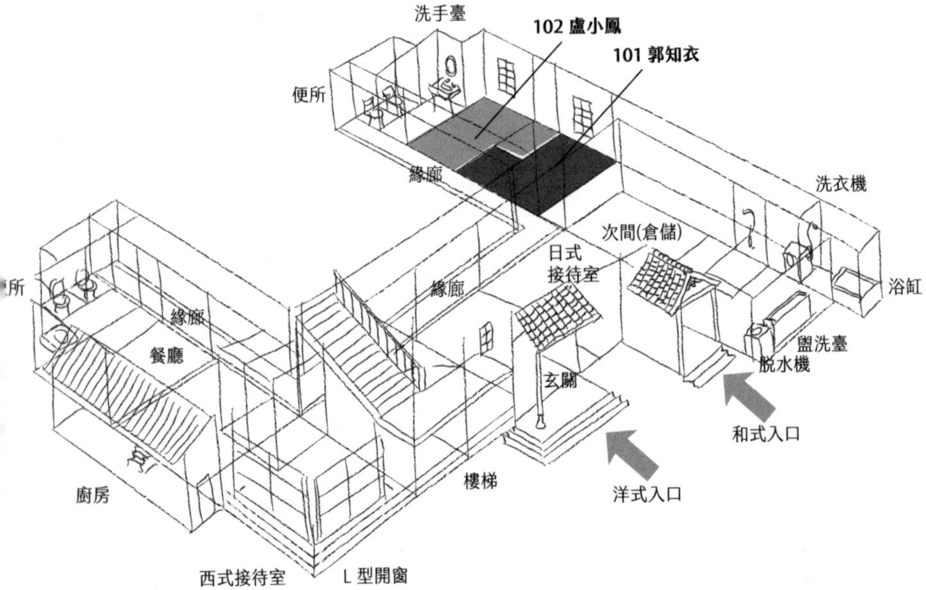
洗手臺
102 盧小鳳
101 郭知衣
便所
緣廊
洗衣機
次間(倉儲)
日式
接待室
浴缸
所
緣廊
緣廊
餐廳
盥洗臺
脫水機
玄關
和式入口
樓梯
洋式入口
廚房
西式接待室
L 型開窗

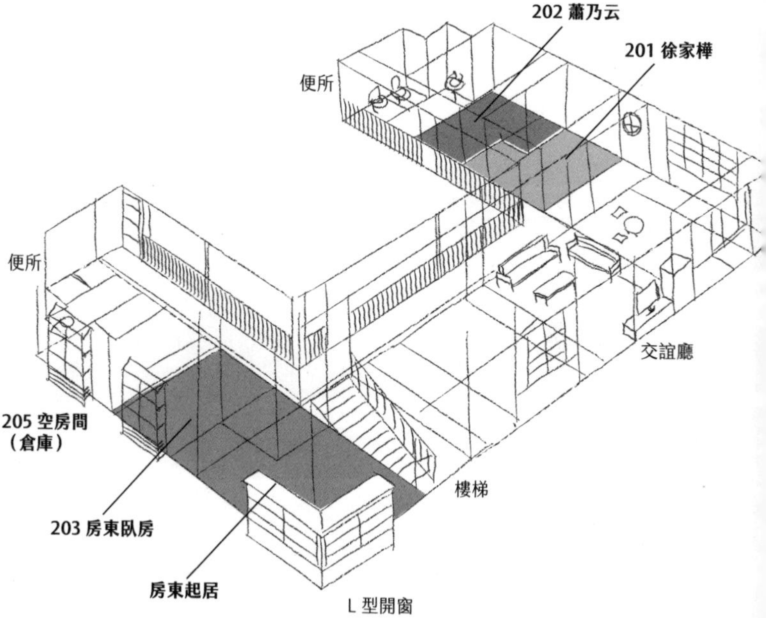
202 蕭乃云
201 徐家樺
便所
便所
交誼廳
205 空房間
（倉庫）
203 房東臥房
樓梯
房東起居
L 型開窗

四維街一號平面圖

目次

第一幕　蕭乃云

乃云錯過了土芒果的季節。

前院的土芒果樹在戰前就栽下來，房東說應該有八十年了。老芒果樹準時每年元旦以後開花，梅雨季尾聲結果，啪啪啪啪的。

為什麼狀聲詞是「啪啪啪啪」？

乃云想問，還是忍住了。

「真的，是啪啪啪啪的！」

二〇一室的家家第一個表態同意。

餐桌的另一端，二〇二室的小鳳學姐以鼻音發出「嗯嗯」的聲音。

「是呀，是啪啪啪啪的。」

家家又接著小鳳學姐的話尾說：「整個七月天天都在吃芒果，指甲縫都是黃的，沒乾淨過耶！唉，要是土芒果的產季再長一點就好了。」

家家抱怨黃指甲，卻希望產季更長，這是什麼道理？乃云接不上話，手指捏著叉子，頂端那塊玉里紅豆羊羹也找不到時機放進嘴裡。

足足可以圍坐八個人的餐桌，房東坐在乃云斜對角，邊說「好甜」邊把羊羹塞到嘴裡，乃云趕快跟上動作。

羊羹入口甜蜜，乃云索性佯裝咀嚼不好開口說話。

小鳳學姐與家家對話像打乒乓球似的，有人揮拍開球，就有人打回去。

「芒果六月就成熟了，知衣嫌麻煩不肯動手吃，我那時煮過兩次芒果醬。其實也不錯，土芒果有酸有甜，比愛文、金煌適合做果醬。那陣子知衣的宵夜都是芒果醬配優格。」

「啊！中華路夜市的龍川冰果室，抹吐司的特製果醬好像有芒果味。」

「龍川的果醬配方我不確定，但那時我和知衣的早餐確實也吃芒果醬烤吐司。」

「喔喔喔喔，好好喔！但怎麼我七月沒吃到芒果醬？」

房東「噗」地笑噴。

「你生吃都不夠，還想煮果醬。」

家家仰頭哈哈地笑，對房東的吐槽毫不介懷。

乃云這才發現小鳳學姐的視線對上來了。

「乃云還沒機會吃到我們這裡的土芒果呢。」

「啊……嗯，好、好可惜。」

小鳳學姐友善地拍來話題之球，乃云在這關頭卻結巴。

小鳳學姐笑咪咪的，再餵一球過來，「也不是壞事，老欉土芒果每年六月都結果，今年錯過，才可以期待明年嘛。乃云喜歡土芒果嗎？」

「啊，嗯，喜歡。」

乃云揮拍落空，話題之球在她的句點裡掉落在地。

空氣安靜了一下。

「那一盤羊羹，是要送去給知衣姐的嗎？」家家開球，說：「知衣姐忙著工作沒空吃吧，我可以幫忙解決喔！」

小鳳學姐接球，「這個不用你代勞了。」

「不不不，一點都沒有『勞』——」

家家的話語中斷在緣廊[1]傳來的虛弱腳步聲。

那是纖瘦的人的雙腳行走於木頭地板，從底下發出小小的迴響。

是一〇一室的知衣學姐。

腳步聲踏進餐廳，知衣學姐的眼睛沒對上乃云。

不，應該說，沒對上小鳳學姐以外的任何人。

「腦子快燒乾了，我想吃點甜的。」

「烏龍茶口味的減糖羊羹。要嗎？」

「要。」

「是乃云帶回來的伴手禮。」

「謝謝。」

知衣學姐還是沒看人。端起羊羹走出去三步，再走回來。

「謝謝乃云，我剛才有道謝嗎？」

小鳳學姐笑起來說：「有。你太累了。」

知衣學姐按了一下太陽穴。

「可以幫我沖杯咖啡嗎？」

「等一下送去你房間。」

「好。」

知衣學姐走出餐廳。

飄浮的腳步聲又在外頭停住。

「小鳳，我有道謝嗎？」

「沒有。」

「那，謝謝。」

緣廊上響動的腳步聲又慢又輕，逐漸遠去。

小鳳學姐側耳聆聽，餐桌上就沒人說話。腳步聲折過一個緣廊轉角停住，木頭紗門的老彈簧咿呀一聲，接著是障子門[2]在軌道上拉開、再拉回的細小聲音，合併木頭紗門咿呀地彈回，輕輕碰在障子門框上喀地一聲。

小鳳學姐微微一笑，起身繞過餐桌，踩沓脫石[3]下去套了夾腳木屐。

那裡是不典型的「土間」，水泥鋪成地面，整棟屋子唯一可以開火的廚房就在那裡。日式建築都是木構，只有土間接地。避免爐灶起火，傳統廚房通常都是土間，但當代愈來愈少見了。乃云留意過設計，原本的土間已經填平成為餐廳空間的一部分，如今的土間是另外加蓋出來的，所以也沒有傳統建築裡應該存在的勝手口[4]。

「我要泡咖啡，有人要喝嗎？」

家家立刻舉手，「我我我，我要喝熱拿鐵，我可以幫忙打奶泡。」

「我在戒咖啡。」房東說著，把嘴巴湊在小杯子的杯緣，吸了半口酒。

乃云慢半拍，溫吞地把「我也要」三個字含在嘴裡滾了一遍，不過似乎沒人聽見。

廚房裡的小鳳學姐主動追問：「乃云喝嗎？」

乃云反而羞赧得臉頰發燙，連忙站起來說不用麻煩了。

「我，我要回房間了。」

「小鳳姐的咖啡很好喝，那你下次喝吧！」家家說。

「慷他人之慨。」房東笑說。

家家只是笑嘻嘻的，眼睛看著乃云。

「你羊羹不吃了的話，我要接收喔！」

乃云均分到的四塊裡面只吃了一塊，手忙腳亂地把盤子挪到家家面前。

「家家，不要嚇人家。」小鳳學姐說。

「我哪有啊！」家家說。

乃云拉開嘴角對兩邊都笑一笑。

逃離餐廳踩上緣廊，每一步都讓老屋子的木頭地板嘰嘰作響。

一路響上樓梯，再到二樓。

「乃云——」

房東提高音量的呼喚，不必特別費勁就穿透樓板。

「二樓你那邊的廁所有點狀況，這幾天要上廁所就到一樓來喔——」

乃云大為窘迫，倉皇趴到二樓緣廊的矮欄杆上回應說「我知道了」。

「你說什麼——」餐廳裡房東的聲音。

「她說她知道了——」樓下房間知衣學姐的聲音。

乃云感覺更窘迫，匆匆喊了一句「謝謝」，轉身直衝自己的二〇二室。

門沒鎖，在這裡也沒必要鎖。一進去，乃云就腿軟坐倒在榻榻米上。

「我要咖啡——我剛才有說嗎——」知衣學姐清澈的聲音。

「小鳳姐正在煮水囉！」家家嘹亮無比的聲音。

啊啊啊啊啊啊啊……

乃云的內心發出哀嚎。

這一串狀聲詞，如果轉化為明確的文字，會是「我為什麼會住進四維街一號啊！」

※

四維街一號，儘管是名稱充滿濃厚中華民國風格的街道，這個地址上頭卻是一座一九三八年落成的日式建築。戰前是日本帝國臺灣總督府官方的招待所，戰後不知道怎麼易手成了房東家族的私產，如今的臺中市政府將四維街一號列作歷史建築。

乃云搜尋文化資產處的官方網頁，真有一條資料紀錄，標題「西區四維街日式招待所」，有一小段沒有感情的文字介紹：

歷史建築「西區四維街日式招待所」建築格局為ㄇ字型，一樓入口有外玄關，以中庭入口為中心分左右兩側對稱，內部左右空間亦對稱配置，由ㄇ形迴廊串聯內部房間，形制保存完整，材質、形式大抵為日治時期興建之原貌，同時為本市極少數尚存之兩層樓木造雨淋板建築，具稀少性及再利用潛力。

網頁內「創建年代」那個欄位，寫著「西元一九三八（日昭和十三）年」，乃云這才知道四維街一號的落成年分。問房東時，房東歪著腦袋說「小時候問過我奶奶，那時推測屋齡少說有一百年吧」，口述歷史果然經常偏誤。

至於網頁內寫著的「再利用潛力」是指什麼？四維街一號現狀是房東家族的私產，專門出租給鄰近學校的女性學生，難道不比BOT給廠商作文青咖啡店、網美打卡景點更有實用價值嗎？

一開始乃云是這樣想的。

後來發現這棟老屋子滿員僅能容納六戶租客，當前包括房東在內也只住了五個人，乃云就有點不確定了。

啊，還是說回真正的「一開始」吧。

那是今年春天的事情，乃云確定遞補錄取兩公里外的那所國立大學歷史系碩士班。報到的那一天，上午辦理行政手續，下午她給自己安排了一趟小小的歷史宅旅遊。公共自行車騎乘可達範圍，臺中刑務所、臺灣府儒考棚、彰化銀行招待所同在一個區塊。三個地方走完，收尾在四維街的春水堂創始店，預計點一杯珍珠奶茶配烏龍豆干。

正是單行道地獄裡周折著要去四維街春水堂的路上，乃云看見了四維街一號，那個位在街角的兩層樓日式建築，以及比建築還高、那一樹開滿細碎花朵的土芒果老欉。

乃云瞬間被迷倒了。

這棟老屋在乃云心底生根。畢業後的夏天，乃云查了許多資料來臺中找租處，走遍預約看屋的套房，每個都猶豫著下不了決定，腳踏車騎著騎著又回到老屋子前面。

四維街一號有三面臨路，市府路、四維街、四維街三巷。腳踏車違規放在人行道，乃云繞著圍牆來回走那ㄇ字外圍，像是此前觀賞周邊古蹟與歷史建築外觀同樣地仔細端詳。水泥的圍牆，木造建築頂部的黑瓦，與黑瓦幾乎融為一色的雨淋板外牆。ㄇ字型兩側的二樓外觀，各有三個稍微向外推出的突窗。日光照在窗戶玻璃上，閃動光彩。

保存完整、維護良好，小巧的兩層樓建築充滿生活感。可是即使神魂顛倒地走完三趟，乃云依然沒有鼓起勇氣踏進圍牆環繞的外玄關。

反倒是有人從裡面走出來。

小背心、小短褲，頭髮鬆鬆地在腦後紮成髮髻，彷彿剛從被窩爬出來，是個看上去約莫三十歲左右的女人。

她慢條斯理地對乃云喊「欸」。

「你是不是想看房子？」

那個人就是房東。

乃云人生最缺乏的就是果斷，可是那天不知道怎麼搞的，玄關進去，一樓二樓繞了一圈，兩層樓六間房，房東為她敞開空房間，潔淨的榻榻米草香氣撲面而來，乃云竟然當場答應簽約。

九月九日研究所開學，九月一日入住。

但乃云住進來沒多久馬上遭遇難題。

因為這個兩層樓建築太小巧了。同樣是文化資產處的資料：「建物總面積約為二〇九平方公尺」——大約是六十三坪。換個角度設想，ㄇ字型的三側屋子，要是有個鏡頭從天空往下看，想必都是建坪二十坪左右的長屋。

鏡頭再拉近些，每個住房都是八疊榻榻米大，換算坪數是四坪。

即使加上一疊大小的「押入」[5]（哆啦A夢就是睡在大雄房間的押入），個人空間也僅有四坪半。四坪大小的房間，就算將衣服與雜物收納在押入，房間擺上床鋪與書桌，可活動空間已經所剩無幾。廁所、浴室、餐廳、廚房，理所當然全部位在個人房間之外。

ㄇ字型建築的內部緣廊（文資處網頁稱呼它為「ㄇ形迴廊」）夾著一塊中庭，而ㄇ字型空下來的那一側是一棟五層樓老式辦公大樓的側牆，使得這裡形成半封閉空間，聲音傳導效果極佳。這側長屋的住戶開門走到緣廊，不需要提高聲音就能跟對面長屋的住戶聊天。

說得誇張一點，根本整棟屋子都聲氣相通。

以東西向斜對角距離最遠的兩個空間來說，比如乃云位在二樓西側的二〇一室，以及位在一樓東側的廚房土間，哪怕是水壺煮沸了的聲音，乃云也聽得一清二楚。

令乃云困擾的不是環境噪音，也不是每天必須跟其他房客頻繁碰面。

要說是她內向嗎？也不盡然，並不是「內向」這種膚淺的詞彙。乃云是害羞，怕生，遲鈍，猶豫不決，連情緒起伏都比別人慢半拍，人際往來總是很艱辛。

可是四維街一號啊，這是個多麼需要社交能力的住宅空間啊！

四維街一號總共六個可供租賃的房間，包含乃云在內只有四個租賃房客。

一〇一室的知衣學姐，一〇二室的小鳳學姐，二〇一室的家家，二〇二室的乃云。原住戶房東，單獨住在東側長屋那邊的二〇三室。跳過不吉利的四字尾，二〇五室目前空著。房東住的那間，隔著庭院正對著家家房間，視線略略往左移動就是乃云住的了。

房客都是同一所國立大學的研究生。房東說她曾經也租給高中職學生與大學生，經過某些不愉快的經驗，後來只願出租給懂得這棟老屋價值的學生，不知不覺住戶全汰換為那所國立大學文學院的研究生。

這樣的組成，乃云以為會適合自己這樣的歷史宅。

可是，乃云錯過了土芒果的季節，脫隊般無法融入群體。

小鳳學姐與知衣學姐都是二年級，同住在這裡是第二年。家家倒是一年級沒錯，七月入住，現今跟兩個二年級生熟得彷彿也同住過了一年。

在廚房與餐廳裡愉快地烹飪、共餐，在隔間浴室洗澡還能開懷聊天。二樓擺放電視的交誼廳，接了電腦看網路影集，大家自在地宛如那就是自家客廳。

……關鍵的問題是，乃云遲遲沒辦法感覺那是自己的客廳。

乃云深為苦惱，懷抱著社會性動物對社群文化的焦慮，拚命地想要早一點融入環境。為此她默默徘徊於廚房、餐廳和交誼廳，效仿貓咪小心翼翼地留下氣味，逐步拓展地盤版圖。

脫隊的乃云，住進來第二個星期了還是不知道怎麼跟其他人融洽相處，不過並非一無所得。她聽見了每個人生活的「聲音」。

起床、洗漱、烹飪、用餐、工作、娛樂……走路的聲音，對話的內容，收看的電視節目，開啟冷氣的時間。毫無隱私可言的四維街一號，乃云可以輕易從聲音裡拼湊出每個人的生活習慣。

晚睡早起的家家，早睡晚起的小鳳學姐，晚睡晚起的知衣學姐，不知道什麼時間睡覺也不知道什麼時間起床的房東。

兼校內校外兩份打工的家家，專職讀書的小鳳學姐，領政府創作補助寫小說的知衣學姐，沒有生活壓力、不時練彈烏克麗麗的房東。

總是吃超市報廢品與簡單自煮的家家，每天餐點都煮兩人份料理的小鳳學姐，三餐受小鳳學姐照拂的知衣學姐，隨心所欲外食、偶爾在家小酌的房東。

固定睡前洗澡的家家，一天洗兩次澡的小鳳學姐，有時間才洗澡的知衣學姐，依然隨心所欲的房東……

在那些聲音裡，乃云總會錯覺彼此已經相當熟悉了。

不過，但凡實際上有所接觸，乃云又會立刻打回原形，化身遭受驚嚇的膽小貓咪，一心只想躲進房間。

進也難退也難，人生實難。

乃云欲哭無淚的時刻，就會內心發出「啊啊啊啊」的哀嚎，抱頭自問我是誰、我在哪裡、我在這裡幹嘛啊！

※

「你在這裡幹嘛？」

家家的聲音。

乃云趕緊抬起頭來。

家家站在交誼廳外面的緣廊。週末的下午三點半，或許是剛從圖書館回來，揹著一袋沉甸甸明顯因書本凸出變形的背包。她的上樓腳步踩得很響，乃云早就發現，沒料到的是家家沒有直接走回二〇一室。在目光對上的時候，家家更直接往乃云這頭走來。

「呃……這個……」

乃云慢半拍地把手上的東西遞出去，補充一句，「我在這邊找到這個。」

「再版臺灣料理之……這個字怎麼唸？」

「栞，ㄎㄢ，栞，一聲栞。這是日文漢字，不過中文也有這個字。『栞』有點接近筆記的意思。」[6]

「所以是臺灣料理的筆記。」家家點頭，把書接過去。

交誼廳透過襖[7]可以區隔為三個房間，平時一氣貫通而顯得敞亮。最裡頭的一間最初應該是座敷[8]，即使經過改造，仍然留有床之間與床脇[9]的痕跡。床之間的位置如今擺進兩個 IKEA 的便宜書櫃，書本整齊上架有如校園圖書區，倒是由床脇改成押入的空間裡面凌亂塞著陳年的舊書，像是二手書店的倉庫角落。乃云逗留交誼廳的時候就翻書，佯裝有事情做，而且塵封許久的押入也真的具備尋覓寶藏的趣味。

《再版臺灣料理之琹》是剛在押入裡挖到的一本。原始書籍的外側，先前的擁有者給它前後加了米黃色的硬紙板作為書皮，以鋼筆墨字直式寫著「再版臺灣料理之琹」。硬紙板書皮之下的第一頁，正中央也是同樣的八個字。

仔細一看，書名右側直寫著「臺灣總督府法院通譯　林久三君著述」，左側則是「臺灣打狗新濱　里村榮發行」。明明是食譜書，作者出身怎麼是臺灣總督府？乃云還疑惑，視線又被吸引到右下角的雙圓圈，內圈夾著正三角形與倒三角形相對的圖樣，那是日本時代的臺字徽，外圈則是「大正三．十二．廿二」。

大正三年？

乃云內心數算，大正元年是民國元年，那大正三年是西元幾年。換算未果，家家就從緣廊問她在幹嘛。

接過書的家家翻了幾頁，再翻回書皮內的頭一頁。

「喔，大正三年不就是一九一四年嗎？這什麼古董啊！你的藏書？」

「不、不是，是在這裡找到的。」

「對耶，你剛才有說。」

家家咧嘴一笑，把書交還。

乃云趕快站起來雙手接過。

「還以為你是害羞才躲起來，沒想到原來是在淘寶。嗯嗯——這本書在網路上可以喊到一萬塊嗎？」

「呃，我，我不是在淘寶啦，只是覺得這邊的藏書滿奇特的。你說價格，這本書保存的狀態不算完好，叫價一萬塊說不定有難度……啊，要是有擅長炒作拍賣的人，或許能賣到這個價格吧……不好意思，我對這種藏書的價格也不是那麼清楚。」

家家直勾勾地看著乃云，笑說：「你還真好玩。」

這句話是稱讚嗎？

乃云又開始覺得臉熱了。

家家笑著擺擺手，算是打完招呼。

「那個、家家。」

「蛤？叫我？」

「今天晚餐，要不要一起吃？吃附近的牛肉麵之類的……」乃云鼓起勇氣開了一顆話題之球。

「啊抱歉，我沒錢外食，哈哈哈。」家家一回擊，就是個殺球。

乃云心靈角落裡的小乃云，當場倒地不起，淚流滿面嘴裡含糊地嗚嗚嗚咿咿嗚，翻成文字就是，「當初我到底為什麼會決定住進四維街一號？」

那個心靈角落裡，小乃云接連遭到擊倒，簡直能聽見手機遊戲歡快高亢的提示音：COMBO! COMBO! COMBO!

她在牛肉麵店遇見了小鳳學姐與知衣學姐。

店門口進去，白桌與木椅左右各一列，坐著誰都清晰可見。人群當中小鳳學姐和知衣學姐面對面而坐，狀似談笑。乃云停住腳步。就是那一秒，小鳳學姐的筷子夾起花生米，行雲流水地伸到知衣學姐的嘴邊，知衣學姐也順水推舟似地咬進嘴裡。

好尷尬。乃云臉燒起來，簡直就像撞破爸媽調情現場似的，第一時間想要轉身逃走。但來不及，店員從旁邊遞來菜單，連帶高亢的招呼：「是朋友嗎？再麻煩你們併桌喔！」隨後小鳳學姐就與乃云對上了視線。

那是個四人座。不得不走向座位的短短路程上，乃云大腦極速運轉。怎麼辦？這種時候應該坐在小鳳學姐旁邊嗎？但這樣就會跟知衣學姐形成面對面的狀態。知衣學姐一切都好，但幾乎從來不笑，乃云沒有勇氣直視那張無法捉摸情緒的面孔。那麼就坐知衣學姐旁邊？但跟知衣學姐肩並肩？那樣也好可怕！

「我……」乃云囁嚅。

「坐。」知衣學姐說。

乃云立刻一屁股坐在小鳳學姐的旁邊。

「這是第一次跟乃云在外面吃飯呢。」

或許是想要讓乃云放鬆，小鳳學姐率先開啟話題。

乃云連忙接話說「對呀」，並且默默吸一口氣想要接住這顆球——要避免話題終結，最好使用問句。

「還、還沒想好要吃牛肉麵還是水餃，我是第一次來這間店，想說……」

「第一次來，吃雞腿飯。」

知衣學姐瞬間終結話題。

COMBO! 乃云遭到連擊。

不，才不能就這樣被擊倒。完成點餐、一時只能無所事事的微妙時光，乃云重新振作。如同貓咪伏擊，必須安靜等待時機。

總之先觀察現場。

從殘餚來看，菜色是蔥爆牛肉、乾煎虱目魚肚、蚵仔煎蛋、熱炒空心菜，湯是牛肉清湯和紫菜蛋花湯，一人一碗白飯。小菜是丁香花生、涼拌小黃瓜和涼拌干絲。

——既沒有雞腿飯，也沒有水餃和牛肉麵。剛才推薦雞腿飯又是怎麼回事？而且這間店明明是牛肉麵店，為什麼可以把桌面吃成熱炒店！

乃云頓時徬徨，她領會這是吐槽的時機，但目前跟兩位學姐的熟悉程度到底可不可以吐槽？這個問題卻比發想論文的問題意識還要艱難。儘管大腦飛快思索，乃云又轉瞬驚醒，就這麼兩秒鐘的耽擱，她已經錯失吐槽的時機了——人際對話的節奏，太難以掌握了啊！

「乃云一起吃呀，不要客氣。你喜歡虱目魚嗎？」

依然是小鳳學姐開了話頭。

「喜歡。」乃云急急擠出下一句，「虱目魚腸，也很好吃。但、但是臺中沒看見過哪間店在賣……」

怎麼辦，無法形成問句。這比研究所的課程討論還要困難。

小鳳學姐卻笑了起來，天地放光似的笑容。乃云差點要哭，她接對話了。

「我猜猜，乃云是南部人嗎？」

「對，我老家在嘉義。」

「我是關廟人。小時候我也常吃虱目魚腸，但那要好早起床喔！稍微晚一點就吃不到了。沒想到乃云也是老饕呀。知衣也常常說，來臺中沒吃過像樣的魚。不過，這間店的虱目魚處理得還不錯。」

就在這個時候，那邊知衣學姐的筷尖夾起了一顆花生米。
乃云愣愣地看著那雙筷子，莫名感覺心頭也像花生米一樣被提起來。不、不會吧？
——會。知衣學姐的花生米餵到了小鳳學姐的嘴邊。
乃云不知道眼睛該看哪裡，趕快把頭低下去。
旁邊的小鳳學姐低聲地說知衣你幹嘛呀。
「你剛才先的。」知衣學姐平淡地陳述事實。
「乃云在呢。」
「她剛才也在。」
知衣學姐說的一點也沒錯，事實如此。
乃云迅速地看一眼小鳳學姐，發現她臉頰緋紅。這裡是少女漫畫的正中央嗎？如果這是一顆閃光彈，乃云已經要雙眼失明了。反觀知衣學姐一臉雲淡風輕，嘴角含著若有似無的微笑。
兩位學姐是在交往嗎？
完蛋。這種事情是可以問的嗎？乃云完全不知道。
但開局不錯的話題遭到截斷，後半段倒像是沒上油的老舊腳踏車，卡卡的難以前行。小鳳學姐勻出大半塊魚肉與煎蛋到小盤子給乃云分食，順勢從話題裡退場，說是要去看電影，兩個人並肩走了。

這時雞腿飯才送上桌。

乃云埋首吃完，結帳時，發現學姐們已經幫她付清帳單。

——難道說，這是傳說中的封口費嗎？

不，這種事情沒什麼道理要用一頓飯封口吧。

但是，學姐幫忙付帳也沒什麼道理呀！

等一等，難道學姐們說的看電影純粹是脫身的藉口，而付帳是一種彌補？

大熱天裡乃云陷入自我懷疑的迴圈而渾身發涼。這樣是被討厭了嗎？或者說正好相反？實在搞不懂啊。這樣的人際關係，究竟是進步還是退步？她沒有答案，只有心底細微卻清晰的遊戲系統提示音再次響動，COMBO! COMBO! COMBO!

＊

不要恐懼，沒有什麼好怕的，社交障礙是可以克服的。

乃云每日三省自身。

蕭乃云，二十三歲，碩士班一年級。彷彿誦念佛號，乃云把同一句話反覆默念了幾十遍。蕭乃云，二十三歲，碩士班一年級。她已經是成年人了，讀研究所即使不是賺錢的工作，比起學生，分類上應當算是社會人。身為一名出社會的成年人，不應該為了宿舍的人際關係而深陷苦惱。合則來，不合則去，平常心就好了。

努力自我催眠的乃云，卻難以迴避另一個聲音從心底浮現。

——辦不到的事情，就是辦不到啊！

乃云無法欺騙自己，即使不擅長人際往來，她還是想要跟大家打好關係，想要跟大家同樣地把那個交誼廳當作自己的客廳。可是一天天過去，九月即將抵達尾聲，乃云與四維街一號住戶們的關係仍然停滯不前。

該說是停滯不前嗎……

家家有個下午來敲她的房門，拿來的是一塊便利商店袋裝的菠蘿麵包。

「算是之前羊羹的回禮。我在菠蘿麵包和肉鬆麵包之間挑選，想說你會買羊羹，應該比較喜歡吃甜的吧！」說著這樣的話，一臉爽朗的家家看起來相當友善。

乃云於是把打了N遍腹稿的句子，狀似輕鬆地說出來，「下次一起吃飯呀，你喜歡金鶴的滷排骨嗎？」

「哈，我說過沒錢外食啦！」

——家家這個人，竟然連臺灣最常見的客套話都不接球。

到了小鳳學姐那邊，卻是完全反方向的狀態。

午飯後預備搭公車赴校上課，正巧與小鳳學姐並肩出門，小鳳學姐直接招呼乃云上了她叫來的一輛共乘汽車。到校下車，又跟當初牛肉麵店那頓晚飯一樣，小鳳學姐沒要她付帳。

「你不要跟我爭這個，我會生氣喔！」

——就算小鳳學姐滿臉笑容，實質上還是一種拒絕。

至於知衣學姐？

乃云幾番鼓起勇氣要跟知衣學姐說一聲「哈囉」，到了嘴邊的招呼總是最後一刻吞進肚裡。有一回跟知衣學姐單獨在冰箱前面碰見，乃云才張口起了「哈」的嘴形，知衣學姐眼睛一掃過來，她馬上掩嘴「哈啊——」硬生生改成一個哈欠。知衣學姐前腳離開，乃云後腳就把自己熱烘烘的腦袋塞在冰箱裡面。

啊！她就是辦不到啊！

美好假日的黃昏時分，晚霞像是火焰舔過雲朵那樣斑斕鮮豔，乃云獨自走路去吃了晚餐。十個水餃，一碗豆腐湯，配著手機遊戲默默吃完。世界那麼大，只有耳機裡面熱鬧喧囂，乃云自己都有點可憐自己。但是說到底，還是不能怎麼辦。即使是二十三歲碩士班一年級、半個社會人了的蕭乃云，邊緣人永遠都是邊緣人。邊緣人所能做的，就是下次再努力……吧？

深夜的房間裡乃云自省暫告段落，連同整天開銷的帳目紀錄也一併完成了，手機顯示時間晚上十一點二十分。

該是時候洗澡睡覺。

正這麼想著，外頭緣廊嘰嘰、嘰嘰地響起腳步聲。乃云的房間位在二樓西側的尾端，盡頭就是近日失修的廁所，跟樓梯與交誼廳都是反方向，要是有人走來，肯定是專程上門。

在四維街一號，會有人來她房間串門子嗎？一這麼想，乃云忽然心跳加快。

聽說四維街一號有鬧鬼的傳聞！

乃云屏息跳起來，迅速張望自己小小的房間，榻榻米地板舉目可見之處無可躲藏。押入！乃云飛快地拉開押入的襖障子，裡面塞滿她尚未鋪開的床褥鋪蓋和衣物，擠不進去！

「乃云，睡了嗎？」

乃云當場哭出來。

打開門，家家站在外面。

「呃……你是在哭嗎？」

家家一臉疑惑。

乃云狼狽地吸鼻子。

「哭、哭了一點點。」

「啥啊？那你哭什麼？」

「我，我也不知道。剛才，想說這麼晚，沒事，誰會走到這裡來，可能鬧鬼吧，沒想到是你。」

「什麼意思，我是比鬼可怕嗎？」

「不、不是啦，是相反，忽然一下子放心了……」

忍住的眼淚從鼻子裡溜出來，乃云趕緊再吸了一下鼻子，羞得滿臉漲紅。

家家安靜下來看著乃云，那張笑臉裡帶有一點玩味的神情。

「你真好玩。」家家聲音篤定，像一句認證。

「之前你也這麼說。那樣是，稱讚嗎？」

家家又「哈」地一聲笑，眼角折出笑紋。

大概是肯定的意思？

家家沒正面回應，說了來意是宿舍動員。前一天的輕度颱風，在晚上十一點升格為中度颱風了。

乃云領會。確實如她料想，沒事不會有人在這個時間上門。四維街一號與早年的日式建築相同，這座ㄇ字型建築的內部緣廊作為戶外與室內的過渡，屬於半戶外空間，日常時刻遥自敞開，仰賴勤勞清掃保持潔淨，至於雨勢稍大的時刻，就得安裝一種叫作「雨戶」的木板門，避免雨水直接打進緣廊。臺中氣候大多穩定，雨戶很少使用，但一動用就得兩層樓ㄇ字型的緣廊全部安置，必須全員出動。

「小鳳姐和知衣姐負責一樓，我們負責二樓。」

家家這樣就算解說完了，乃云趕快踏出房間跟上。

這是乃云入住以來的第一個颱風，之前連下雨都少，只知道有雨戶，沒機會用過。

二樓基於安全考量，緣廊都有半人高的欄杆，但欄杆擋不住風雨，照樣需要雨戶。雨戶不使用的時候，會收在名為「戶袋」的建築空間，使用時則從戶袋裡一扇一扇順著緣廊地面的軌道拉出來。聽起來並不困難，可是木板門和老軌道的物理組合，意外地相當需要力氣。

乃云和家家一個在後推、一個在前拉，沉重的木板門在軌道上移動，聲音在夜裡格外清晰，隆隆作響簡直有點像地震。樓下兩個學姐比她們熟練，一樓雨戶的安置過程相對順暢，也比二樓更早一步完成，聲響早早就平息下來。ㄇ字形有三條緣廊，到了第三條，乃云和家家才稍微掌握合作訣竅。

乃云抹去額頭浮現的汗水。就是在這樣的共同生活裡，生成了兩個學姐的互動默契吧？所以說，可能，隨著時間前進，她也能跟室友處得更好……

「欸，你看。」

乃云順著家家的聲音，看見家家伸展雙臂，比畫著成排的雨戶。

「感覺很像堡壘，對吧？」

乃云看向四周。雨戶遮斷了戶外的街燈光源，室內昏暗下來，緣廊的黃色燈光給屋子套了一層暖融融的濾鏡，有種溫柔而堅實的氛圍。

「確實，很像。」

乃云這麼說，家家就笑起來。

她是第一次認真看著家家。暖黃色的燈光底下，家家的白皙臉龐隱約發亮，眼睛黝黑深邃，反射燈光時比肌膚更亮。

乃云又感覺臉頰燒起來了。

「下次，我們要比樓下更快。」

「啊，好，好啊。」

「樓上的——」房東的聲音。

明顯拉高的嗓音喊著乃云、家家，因為雨戶而悶住的聲音從廚房那邊傳過來。

「喔對了，房東說煮宵夜給大家吃。」家家笑得更開心了。

下樓梯，到餐廳，全員到齊。

房東煮了一鍋泡麵。小鳳學姐與知衣學姐正在取碗分裝。

一大鍋子的泡麵。聞味道是老牌子的蔥燒牛肉麵，過去一看湯料是切對半的貢丸、小塊的米血、醃豬肉片，還有金針菇跟茭白筍？

「這些是中秋烤肉剩下的材料吧，豬肉醃這麼久不會壞？」知衣學姐說。

「也不知道是跟誰去烤的呢。」小鳳學姐笑說。

「囉唆，保證不會吃壞肚子。」房東說。

「那其實也可以烤肉啊，小炭爐生個火，很快的。」家家說。

家家前腳踏進餐廳，後腳便無縫接軌地銜接起話題，難道社交力是一種超能力嗎？

乃云一時無話可說，但大家卻同時看向她。

「嗯，颱風天，感覺就是，應該要吃泡麵……」

乃云這麼一說，房東嘿地一笑。

「知我者，乃云也。」

乃云簡直是受寵若驚。這輩子沒人跟她說過這句話。嘴裡滾了好幾個音，乃云才擠出好小聲的一句「謝謝」。房東卻好像沒聽見，把碗端到她常坐的老位子去了。

「家家拿筷子湯匙吧，乃云幫大家倒飲料，冰箱有麥茶。」小鳳學姐說。

有人發話指示，正好解救手足無措的乃云。

打開冰箱，有兩罐一樣的冷水壺，裡頭浸著茶包，一個顏色深些，一個淺些，都是小鳳學姐的自製冷泡茶，隨機也可能是烏龍茶或紅茶。乃云取出顏色深一點的那個，遲疑著應該要打開來聞聞看嗎？又心想，這樣其他人會不會感覺不衛生？

有隻手臂從乃云肩後伸過來，取走她手上的那瓶。側過頭去看，眼前出現一彎線條清瘦優美的下巴。

「這是冷泡咖啡，你拿另一個。」知衣學姐說。

「啊，好，好的。」乃云渾身僵硬。

「不用這麼緊張。」

「好，好的，是的。」

知衣學姐噗哧一聲，笑說：「算了，不勉強你。」

乃云一下子呆了。原來，知衣學姐也會笑啊……

只有知衣學姐那杯是咖啡，乃云倒了四杯麥茶。上桌時，其他人已經一一就位。但沒人動筷，乃云忙去坐到空下來的位置上。

「那就大家各自開動啦！」房東說。

「幾時開始要喊口號的？」知衣學姐說。

「學姐請用，房東請用，大家請慢用。」家家說。

小鳳學姐掩著嘴笑。

乃云低下頭，面前的大碗正冒著氤氳熱氣，淺褐色漂浮著紅油的熱湯，泡麵上面橫七豎八擺著好幾樣配料。夾起豬肉片放進嘴裡咀嚼，乃云感到眼睛一陣發熱。

這是她住進四維街一號以來，第一次跟大家正式同桌吃飯。

「是誰想到可以把茭白筍放進泡麵煮啊？太好吃了吧！」

「欸，還是家家懂吃。」

「泡麵煮太爛了，我喜歡硬一點的。」

「沒在下廚的人沒資格挑剔！」

「下次煮硬一點的給你吃。但下次別這麼晚吃泡麵，隔天會水腫。」

「就是你慣壞她！」

桌邊的大家逕自吃麵，逕自聊天。

乃云咀嚼著麵條，安靜地把大家認真看仔細了。

隨意用髮簪盤起頭髮的房東，有一張鵝蛋長臉，長鼻梁看似嚴肅，略微下垂的狹長眼睛卻添增幾分慵懶。據說比眾人年紀大十歲左右，實際上沒有明顯的年齡感。

知衣學姐的細黑框眼鏡底下，是一雙連眼睫毛都很長的雙眼皮大眼睛。蒼白的臉龐襯出顴骨上的小雀斑，短髮亂翹也好看，合併纖細高挑的身段，說是模特兒也不奇怪。

氣質溫柔優雅的小鳳學姐，及肩的長髮總是剛打理過似地維持最合宜的捲度，淺棕色的染髮完美無瑕。儘管是卸妝以後，也像日劇裡面才看得見的那種精緻女性。

家家……家家就是個美女。老是把頭髮綁成亂糟糟的馬尾，但是臉蛋輪廓姣好，五官分明，皮膚白裡透紅，襯得眼眉特別明朗。家家比知衣學姐更高一截，是田徑選手類型的健美體格，存在感鮮明強烈。

餐桌上的閒聊還持續。

「有誰家裡把湯匙叫作調羹的嗎？」房東說。

「調羹？」家家說。

「這樣說，有聽過客家人把湯匙叫作調羹。」小鳳學姐說。

「我家是這麼叫。」知衣學姐說。

「江浙人家也有的這麼叫，我家就是。」房東說。

「出來讀書以後，才發現大部分人都叫湯匙。」知衣學姐說。

房東點點頭，「對，後來在外面改口講湯匙，只在家裡講調羹。」

「老鄉見老鄉，兩眼淚汪汪。」小鳳學姐笑說。

「救命，都什麼年代了。」房東作勢一陣顫抖。
「乃云呢？」家家問。
「我，我之前沒聽過。」乃云慢半拍，想了想才把話說下去：「調羹這個詞，讀過文獻，是用在講治理政事，用在湯匙上，感覺很文雅。」
「不愧是讀歷史的。」小鳳學姐微笑說。
「第一次聽見乃云說這麼多話。」知衣學姐說。
「乃云的聲音很好聽喔。」家家笑說。
「那什麼口吻，講得好像是你的小孩。」房東說。
「哈，我可養不起。」家家說。
乃云默默端詳著大家的表情。
平時不吃宵夜的小鳳學姐早就不動筷子了，手掌習慣性地撐在下頷骨的後方——乃云發現，小鳳學姐從來不將手掌撐在臉頰上，是因為撐在下頷骨後方才不會汙損妝容。
當知衣學姐說話的時候，小鳳學姐的眼神只注視著知衣學姐。誰說話就看誰，那不奇怪。但知衣學姐說話，也總是看著小鳳學姐。
而乍看之下姿態肆意的房東，該說果然不愧是個大人嗎？視線相當平均地分配給餐桌上的每個人。

家家附耳過來說：「你不好意思添第二碗的話，我幫你吧？」

「講太大聲了，根本沒有咬耳朵的必要。」知衣學姐吐槽。

「你們還在發育，多吃點。」房東一本正經地說。

「成年以後，都是橫向的發育吧！」小鳳學姐嗔怪。

乃云也只能傻笑了。

❈

那一夜，乃云做了一個夢。

深邃無垠的夜空裡，乃云孤獨飛行，然而夜空邊緣逐漸有火焰舔過雲朵，將夜空燒成暖融融的橘紅彩霞。往旁邊一看，發現家家就在身邊，再遠望過去，也有小鳳學姐、知衣學姐與房東。

乃云眼眶發熱，鼻子發酸。

在那個夢裡，彩霞倏忽散盡，眾人一下子落地回到屋裡，唯有地板軟綿綿仍然彷彿雲朵，而房東像是前一天處理殘餚碗筷的時候，特地走到乃云身邊。

「不知道怎麼跟大家打成一片的話，就常常問些無傷大雅的問題吧。」

「但，但是我不知道，可以問什麼。」
「要有好奇心。」
「好奇心？」
「保持好奇心，總會有問題可以問的。就地取材，懂？」
乃云似懂非懂。
可是遙遠遠方的天空有飛機航行過去，轟轟作響有如雨戶移動。
有腳步聲，踩在木頭地板嘰嘰、嘰嘰地，緩慢而寧定。
那是小鳳學姐的腳步聲。
接著是遠處的輕輕敲門聲。
「知衣，白稀飯要什麼配菜？」
「蔥仔蛋，還要煎豆腐……有肉鯽仔嗎？」
「剛好有買喔。」
緊接著更近處的腳步聲咚咚，隨後是拉開障子門、推開紗門的聲響。
「我也要蹭飯——我有鹹蛋和高麗菜！」
乃云完全醒了，睜開眼睛，看見天光穿透窗戶。
窗簾擋不住臺中的日照。昨天的颱風一點也沒有影響似的，室內還有日曬過後的榻榻米香氣。

不久前的夏天午後片刻，乃云走入四維街一號，房東為她敞開第一個空房間，就是一樣的榻榻米香氣。那個時候，她站在空房間裡面，聽見遠處的廚房有熱水壺鳴笛。喀喳一聲瓦斯爐扭起，有溫柔甜美的聲音喊著：「要喝咖啡嗎？喊聲喔——」於是樓下有清亮的嗓音回應：「今天的咖啡，幫我加糖——」隔壁又有人咚咚咚地跑出來，朝著底下拉開喉嚨：「我也要喝——加牛奶——」

就是那個時刻啊，那一分那一秒，乃云心想，如果是在這樣的地方生活，我也能勇敢地踏出邊緣人的那一步吧。

乃云慢吞吞地起身，沉沉地拖開障子，咿呀一聲推開紗門。

不知何時雨戶已經收起來了，家家站在欄杆前方。

「我，我想煮芋泥做點心，可以跟大家一起吃嗎？」

家家就笑了，笑容比臺中的日照還要燦爛。

❇

保持好奇心。房東說的。就地取材，懂？

乃云並不完全懂。她害羞，怕生，遲鈍，猶豫不決，連情緒起伏都比別人慢半拍，但是她對自己誠實。她想改變。即使會失敗，也想要繼續嘗試。

颱風夜的泡麵，非常好吃。

所以在那之後，該怎麼做才好呢？

二樓交誼廳的押入裡面，乃云翻出那本古董書《再版臺灣料理之栞》。

全日文，但漢字很多，搭配基礎日文能力，湊合著可以讀懂一半。前面的〈緒言〉與〈例言〉說明臺灣料理只需要鐵鍋、鋁鍋、菜刀、蒸籠等廚具，對主婦、廚師而言會是衛生經濟的烹飪選擇。作者署名臺灣總督府法院通譯林久三，看來是寫給當時在臺灣生活的日本人，同時附上臺灣話的假名拼音，提供日本人上市場時對照使用。

〈緒言〉署名處的日期是明治四十五年四月，臺字徽上卻是大正三年十二月。以手機查了一下紀元對照表，明治四十五年也是大正元年，西元一九一二年，大正三年是一九一四年。看來再版時更換了設計，書中內文並沒有相應修訂。

翻到目次，只分三個大項：料理法、料理的原料、廚房用品及其他。儘管如此，第一大項的「料理法」占比是全書八十九頁當中的六十六頁。《臺灣料理之栞》直譯叫作臺灣料理的筆記，實際上是一本食譜。六十六頁當中，再細項分類為六種：汁物、あんかけ、煎り付、あげもの、むしもの、うでもの。

沒有漢字的話，看不懂啊……

但是乃云細看以後鬆口氣，這六十六頁的所有料理名稱，都是以漢字搭配臺語拼音表記。「汁物」有肉骨湯、清湯雞、麵線湯、冬菜鴨、十錦火鍋、肉丸湯、圓仔湯等二十七樣。「あんかけ」僅十樣，如果去日本的中華料理店看菜單，漢字會寫成「餡掛け」，大致是指透過勾芡手法讓料理作羹狀，這裡羅列的是紅燒魚、紅燒魚翅、桔汁蝦。「煎り付」漢字雖寫成煎，其實是炒物，果然一系列都是炒雞片、生炒蝦仁、炒豆仁共九樣。「あげもの」沒漢字，讀出來就知道是炸物，但可能戰前沒有「炸」這個單字？菜單十一樣是燒雞管、油酥餃、高麗蝦、煎春餅等等。「むしもの」和「うでもの」，乃云一時不解其意，但前者三樣是鹽包、雞卵糕、甜粿，查了翻譯是指蒸物，後者三樣的芥辣雞、白片蟳、生鏨雞，別說乃云連這是什麼料理都沒有概念，上網搜尋「うでもの」也沒看出所以然來。

這就是時間的距離啊……

西元一九一二年，到西元二〇一九年，《臺灣料理之栞》與乃云所在的時代，是一百年時光的距離。

不過，所謂「距離」這種東西，乃云早就習慣了。

比起人類，文獻單純許多。

隨手翻開書頁，落在四十頁。芋泥羹。

芋泥羹？被歸類在「あんかけ」的項目，但乃云沒聽過這種羹。材料卻是這樣的：「芋（里芋）大三個、白砂糖五十匁、豬油（豚の油）少々、食鹽少々」。做法僅三行，扼要解讀是芋頭清洗剝皮，蒸熟後搗碎如餡狀，加入豬油、白砂糖與少許食鹽……咦，這不就是芋泥嗎？這樣也可以算羹？

但是沒關係，或者不如說這樣更好吧。

就地取材。乃云決定做芋泥羹。

鼓起勇氣宣之於口以後，事情就簡單多了。

上市場，採購，備料，下廚。

里芋就是芋頭。日文所謂的里芋，當然是日本品種的小芋頭，但百年前的臺灣，所謂的里芋會是什麼樣的芋頭？既然標明是「大三個」，料想不是小芋頭。

白砂糖五十匁。匁是日本傳統計量單位，換算一匁是三．七五克。五十匁等於一八七．五克。

豬油少許，食鹽少許。正是食譜最令人苦惱的指示排行第一名，少許。

乃云在大學外宿的四年學會做菜，很少料理費工的菜色，但芋泥不難，需要的是耐煩。對照當代的芋泥食譜，根據配方比例盤算好需求，早晨走一趟第五市場，材料很快買齊。

一百年時光的育種改良，芋頭跟百年前的大不相同。市場四處可見的品種是檳榔心芋，產地從臺中大甲、苗栗公館、高雄甲仙、東岸花蓮到離島金門俱全。查不到百年前的芋頭品種，《臺灣料理之栞》發行商是「臺灣打狗新濱里村榮」，於是買了產地高雄的芋頭。

如今芋頭的個頭大，只買一個。

開水龍頭，就著流水刷去髒汙。削皮前雙手沾醋與鹽巴，避免芋頭咬手。去皮芋頭切片，電鍋蒸到熟透。起鍋，移到鋼盆裡壓成泥狀，粗纖維挑出不要，趁熱投入白砂糖拌勻。然後是少許豬油，以及更少許的鹽。

配方比例不明，乃云仰賴的是烹飪的直覺。尚有餘溫的柔軟芋泥盛到白色大盤子裡，慢慢淌成一攤灰紫色，倒是在這一刻理解了百年前的人們為什麼稱呼它為「芋泥羹」。

可是賣相樸素到像極半成品，取食也並不方便。

……這也是百年時光的距離吧。

翻找出廚房裡的白色淺底小吃碗，勻出五份上桌。

中央是白盤，五只碗在旁。

乃云心底再默數了一遍。房東、知衣學姐、小鳳學姐、家家……還有，我。

乃云小聲地對自己說，不要恐懼。

沒有什麼好怕的，大不了一個人吃掉。

「喔——總算做好了嗎？芋頭超香的，我滿嘴都口水。」家家的聲音。

「說是芋泥羹，看起來就是福州八寶芋泥，只差八寶料。」房東的聲音。

乃云轉頭過去，幾個人站在餐廳外的那條緣廊。早飯過後，她向大家預告了下午要復刻《臺灣料理之栞》的芋泥羹，邀請有空閒的房客來吃點心。

家家腳步輕快地走進餐廳，房東姿態老樣子，慢條斯理。緣廊的腳步聲卻沒斷，後面走出來的是小鳳學姐。

小鳳學姐微笑說：「讓你費心了呢！真期待味道。」

乃云淚花都在眼睛裡打轉了，後面的知衣學姐走出來，卻嚇住她全部的淚意。

知衣學姐逕自繞過人群，走到餐桌前面坐定下來。

「正好想吃點甜的，多謝乃云。」

話說完，知衣學姐抬起頭來正好注視著乃云，微微一笑。

乃云滿臉漲紅，點了好幾個頭，然後發現旁邊的家家悄悄地對她豎起大拇指，眨了一下眼睛。那應該是肯定她的意思吧。乃云拚了命，才忍住快要奪眶而出的眼淚。

真好。

住進四維街一號，真是太好了。

---

1 緣廊，又稱緣側、簷廊，日本傳統建築裡的長廊，通常位在可以看見庭院的一側，是為室內與戶外的過渡空間。

2 障子門，又稱障子，以木頭、竹子材質為骨架構成門框並糊上透光和紙的平行推拉門，臺灣常見稱呼為「和室門」、「和室拉門」、「紙拉門」，日式傳統住宅用以區隔空間。

3 沓脫石，作為階梯之用的石材，用於轉換日式傳統住宅的室內空間與戶外空間，如庭院、土間等處。

4 勝手口，廚房的出入口，可以視作日式傳統住宅的後門。

5 押入，日式傳統住宅內作為收納用途的儲藏空間，通常從中央區隔出上下兩層使用。

6 《再版臺灣料理之栞》，原書封面文字為「再版臺灣料理之琹」。根據字義，琹為琴之異體字，栞為刊之異體字，「琹」應為「栞」之誤植，該書內文亦全面使用「栞」字。

7 襖，也稱襖障子，以木頭、竹子材質為骨架構成門框並糊上不透明和紙的平行推拉門，與障子的功能雷同，作為日式傳統住宅區隔空間之用。相較障子重視採光，襖則強調封閉性，基本上使用於押入，以及室內空間的分隔。

8 座敷，日式傳統住宅內最重要的空間，通常作為主人寢室或者接待重要賓客的客廳之用。日本傳說中的家宅之神「座敷童子」，即以座敷代稱家宅，可見其象徵性。宿舍建築並非傳統民居住宅，可能存在非典型的座敷空間。

9 床之間與床脇都是座敷裡展現主人品味的展示性空間。

第二幕　徐家樺

家家找到了一個鐵皮玩具。

玩具模樣是小孩子騎三輪腳踏車，發條綴在車輪旁邊。轉動發條，三輪車就會往前滑行——這是推測，家家沒有貿然轉動它，因為發條已經明顯鏽蝕，轉動起來怕什麼零件就斷在裡面。

鐵皮鍍錫就叫馬口鐵，這類鐵皮玩具也叫作「馬口鐵玩具」。十九世紀歐洲開發出來取代木製玩具，隨後流行到亞洲。二戰期間因為戰爭的金屬需求一度停產，到戰後才再次風行起來。當代臺灣也有收藏家，但家家反正是看不懂這玩意的價值。

「這能看出是什麼年代的東西嗎？」家家問。

餐桌對面的乃云，輕手輕腳地把玩具接過去。

「看了一些網路資料，鐵皮玩具在臺灣，最興盛時期是戰後的一九五〇到一九六〇年代，一九六〇年代以後，就有更便宜的塑膠玩具了。如果是那之後的鐵皮玩具，可能是給愛好者收藏的，通常體型比較大，印刷在錫鐵上的顏料也比較厚實……」

「一九五〇年啊，這樣也有七十年，行情應該不錯吧！」

「我不知道行情……不過，這個玩具的年代，可能更早也說不定。」

「怎麼說？」

「五〇年代的玩具已經很細緻了，但是這個線條簡單，色彩滿樸素的，體型又更小。

你看，這只有十公分左右吧？剛才有篇文章說，一九三〇年代後期的日本生產很多鐵皮玩具，我想說，臺灣當時是殖民地嘛，也許是那個時候來的。」

「又是這樣？」

「又？」

「就是那個啊，《臺灣料理之栞》。」

「《臺灣料理之栞》嗎？那是一九一〇年代的書。」

「我的意思是，又是在壁櫥找到了古董欸！」

「喔，對，是欸。」

「這棟房子該不會一百年來都沒有大掃除吧？——一百年！」

家家講了這話連自己都震驚。一百年來都沒有清理，那可是一座寶庫啊！

乃云卻露出憨氣的笑容。

「不會啦，障子和襖好像幾年內換過，榻榻米看起來也沒有太磨損，應該有固定時間清理吧。」

「障子？襖？」

家家沒聽過，順勢拉長脖子發出了一聲「嗷嗚——」。

乃云失笑，卻又忙忙地把笑容收斂起來。

「抱歉，我是說這個。」乃云把手指向紙拉門，「靠向走廊這邊的，糊上去的紙比較透光對吧？這個叫作障子。為了採光，用的是白色和紙，紙比較透，可以看見內部一格一格的木框。下雨的時候我們會推出來的那個木門，叫作雨戶。現在有很多日式老屋翻修，會在雨戶的軌道上也安裝障子，不是糊紙的，改裝玻璃，叫作玻璃障子，就不怕風雨打進走廊了。襖跟障子不一樣，門框裡面有內襯，通常塞著廢紙，外層的紙比較厚，也會有圖樣裝飾。二樓交誼廳，不是有門可以分隔成三間嗎？上面有畫松樹的，還嵌著圓形凹進去的把手，那個是襖，關上襖以後，兩邊就可以當作兩個空間來使用。」

確實好像有這麼回事。家家讚嘆：「有夠神奇，你怎麼知道這種事情？」

「算是，我的興趣吧？我做過一個小論文，寫日本住宅建築在臺灣的跨文化移植。」

「但是這樣說來也很奇怪，如果都有人整理，這個古董玩具怎麼會放在壁櫥裡？」

「這也是在押入，我是說壁櫥，是在壁櫥裡面找到的嗎？」

「對啊，我不是說我去找棉被嗎？」

「但是交誼廳的壁櫥，我看過很多次了，沒看見這個玩具。是塞在角落嗎？」

「不是角落，就是壁櫥不是有上下兩層嗎？上層放的都是棉被，這個玩具壓在棉被的最底下……啊！不對不對，你的古董書是在交誼廳找到的，玩具是在二〇五。交誼廳的壁櫥都是書吧，哪有棉被啊！」

「喔，對，說的也是。」

「你們雞同鴨講這麼久，未免也太沒有默契了吧？」

小鳳姐含笑的聲音，從廚房那邊傳來。

「哎呦！不能拿你和知衣姐來比啊！」

家家高聲回敬，沒當一回事。但餐桌對面的乃云，卻露出遭到打擊後的沮喪表情。

真是個毫無掩飾的人。家家忍不住想笑。

「好啦，要準備吃晚飯囉！」小鳳姐在廚房那頭說。

瓦斯爐的旋鈕「喀喳」一聲熄火。

家家立刻跳起來，「讚啦，吃燒酒雞！」

氣象局預報說，今年是個暖冬。

臺中天氣一向穩定，今年不但雨水少，連往常十一月就會出現的寒流都無聲無息，直到十二月才因為冷氣團南下而略略降溫。北遷讀書的家家迅速適應臺中，只是天氣再好，臺中還是比臺東老家冷上一截。

沒有寒流的十二月上旬，氣溫降破二十度的早晨就很有冬天的氛圍了。

清早的餐廳裡，房東用微波爐熱了溫酒壺裡的高粱酒，就著杯緣吸一口酒嘆息說，

「總算有涼意啦」，小鳳姐接下話說，「晚餐來煮個燒酒雞吧」。家家當場舉手跟進，說要用白米、蘿蔔和高麗菜蹭飯吃。

小鳳姐老樣子笑咪咪說好，倒是房東瞥了家家一眼。

「二十度穿著短袖，我還以為你上火，能吃燒酒雞嗎？」

「哪有上火，冷死了，我有加襯衫啊！」

「看著都幫你發抖。」房東抓起髮簪在腦袋上搔癢，狀似思考。「你是不是沒換季？」

家家哈哈一笑。

「不是沒換季，我沒有冬天的衣服。我老家那邊根本穿不到外套！」

小鳳姐嬌滴滴地低呼一聲：「幸好沒有寒流。」

「年輕人的身體啊，嘖。偏偏二〇一又特別冷，你不要害我好像在虐待你。」

「哈！又不是你害的！」

房東的手指往斜上方指了指。

那個位置是二〇五室，沒租客入住，早就淪為房東的私人倉庫。房東說，二〇五的壁櫥裡有乾淨的棉被。

「我沒有錢租喔！」

「穿越時空喔你，現代人有在租棉被的嗎？」

「蛤，古代真的有租棉被的行業嗎？」

「誰知道啦。你幫我曬棉被，我借給你用這個冬天。」

家家頓時像槍枝卡殼，一下子沒話。

房東就自顧自地說下去，「棉被有五、六條，每一條都要曬得乾乾香香、蓬蓬鬆鬆，處理起來真是有夠麻煩的。太陽太大不能曬，時間也不能曬太久，以前我奶奶唸得我都煩了。對了，壁櫥裡有支棉被拍跟棉被放一起，你找找看。棉被不能重拍，輕輕拍幾下就好，不要太粗魯知道嗎？」

家家這才點頭，揚起嘴角笑著說好。

上午有打工，下午有課，回來已經接近傍晚。家家鑽進二〇五室的壁櫥，不意翻出了鐵皮玩具。還來不及思考，下方一樓的廚房傳來中藥材與米酒的香氣，濃烈氣味勾得家家連棉被都不管，直驅樓梯走進餐廳。

站定在餐廳，一眼便望見廚房裡小鳳姐的背影。

「是家家嗎？我剛下廚，至少還要一個小時喔。」

小鳳姐沒有回頭也猜對。畢竟住在這裡，人人都鍛鍊出好耳力。

家家也聽見身後走廊傳來腳步聲，聲響輕軟細微，節奏謹慎緩慢。回過頭去，果然看見乃云正走過來。

「小鳳姐說至少還要一個小時。」

乃云「喔」一聲，「我想說，看看有沒有需要幫忙的地方。」

家家笑說：「我也這麼想。」

水汽蒸騰的廚房裡，有個鍋子裡是中藥包與米酒，維持著小火滾沸。小鳳姐正在另起一鍋熱水，預備汆燙切塊土雞肉，忙裡抽空轉身過來對她們笑一笑，讓出流理臺的空間，示意她們自便。

家家鑽進去覓個空隙淘米煮飯。

乃云慢半拍地跟上，在角落處置了一大袋甜柿和葡萄。

等到白米進了電鍋、水果冰鎮起來，也沒有半途甩手離開的道理，兩人索性坐到不妨礙下廚動線的餐廳桌前。

她們就是那個時候開始聊起鐵皮玩具的。家家從二〇五室攜下來，隨手就放在餐桌。聊著閒話，傍晚紅融融的夕陽斜照點滴退去，天色徹底轉暗下來。

廚房裡的燒酒雞煮好了，瓦斯爐「喀喳」一聲熄火。

小鳳姐才喊了知衣姐吃飯，房東的腳步聲先從玄關那頭「嘰嘰」、「嘰嘰」地一路響進來。

房東人還沒到，聲音先到：「用什麼藥材，這麼香！」

腳步隨後進了餐廳，房東把手裡的一大袋東西往餐桌沉沉一放。

家家看清楚那一大袋東西，登時雙眼放光：「螃蟹！」

「螃蟹也是一種中藥材嗎？」知衣姐的聲音接在後面，腳步聲還在走廊上。

乃云忍不住透出一聲笑，很快又拚命憋住了。

小鳳姐端來鍋子擱在電磁爐上頭。

「當歸、川芎、桂枝、紅棗、黃耆、枸杞、黨參，還有一點甘草和桂圓。是我家的祕方喔！」

餐桌前，全員到齊了。

⁂

餐桌中央的燒酒雞仍在小沸。

費時燉煮的土雞肉與泡發乾香菇不必說，按著時序入鍋的配料也煮得恰到好處，先是白蘿蔔、雞米血、凍豆腐，後是高麗菜、柚珍菇與蛤蜊。甜豆莢不適合煮得太熟爛，單獨給它附一支火鍋濾勺，方便隨時燙起來吃。菜盤之外，電磁爐旁邊還有兩個盤子擺著螃蟹，足足十隻。知衣姐備的是飲料，冰箱裡從氣泡飲料、微糖茶飲、果汁到無糖氣泡水一應俱全。

家家確認人人杯子裡都有飲料了，第一個舉起杯子。

「感謝小鳳姐，感謝房東，賜我們飲食！」

小鳳姐笑起來說：「燒酒雞人多才好吃，那我也謝謝大家給我機會補冬。還謝謝房東的螃蟹，今年還沒吃到螃蟹呢。」

「客套話就不用了，搞得像應酬。現在年輕人不喝黃酒，螃蟹用紹興和薑片蒸起來的，去寒氣！」

「但燒酒雞燥熱，本來跟螃蟹不就剛好打平？」知衣姐說。

「囉唆，你都不要吃。」房東說。

「對不起，是我的錯。」知衣姐從善如流。

起先還鬥嘴，一動筷子就沒人說話了。

燒酒雞的米酒酒精揮發大半，蛤蜊的鮮味也徹底融入，熱湯喝來甘甜鮮美。土雞肉燉得一咬就骨肉分離，雞米血與白蘿蔔入味又柔軟，凍豆腐吸飽湯汁，高麗菜爽脆清甜。家家吹去熱氣，塞進嘴裡大口咀嚼，再扒一大口白飯，喝一口湯，讓飯菜隨著燒酒雞湯化作熱流淌進肚腹，通體都舒暢了。

下半場才吃螃蟹。

房東和小鳳姐各執一隻，講解如何剝腹甲、拆開蟹殼，清去蟹腮與內臟，再將螃蟹從中掰成兩半。房東指著螃蟹背甲上的三個圓點說這是三點蟹，甲殼薄，好拆解、好啃咬，蒸起來清甜，是適合初學者的蟹種。

「那大閘蟹呢？」乃云好奇。

「大閘蟹吃的是蟹黃蟹膏，水產吃不多的人反而吃不慣。三點蟹好入門，花蟹也不錯，肉更飽也更結實。」小鳳姐說。

知衣姐補充：「蟹黃蟹膏都是生殖腺，跟海膽一樣。」

「閉嘴，我不想知道！」房東怒目。

「那，」乃云又問：「燒酒雞和麻油雞差在哪裡呀？」

大家一時面面相覷，小鳳姐倒是一臉認真地思索。

「這個嘛，關鍵差別在燒酒雞有用中藥材吧。兩種都有麻油爆香老薑這個步驟，只是麻油雞一般不放中藥。不過最近看食譜，麻油雞也有人放枸杞了。要說定義的話，或許是看麻油味為主還是藥材味為主。」

小鳳姐說著忽然「啊」一聲，視線轉向知衣姐。

「這麼說起來，我看過香港人寫的客家食譜，說臺灣客家人的麻油雞加冰糖不加鹽呢！」

知衣姐拆蟹的手停下來。

「沒聽說過……我家的沒加冰糖。客家族群差異不小，或許其他地方有這種吃法。」

「小鳳學姐，碩士論文是，做食譜的跨國比較嗎？」

房東舉手制止，「餐桌上不要討論論文！」

「明明就只有你不用寫論文！」知衣姐即時吐槽。

吐槽歸吐槽，知衣姐剝開蟹鉗的一截蟹肉，順手遞到小鳳姐嘴邊。

房東大喝一聲：「太閃了！乃云，拿墨鏡來！」

乃云手忙腳亂，「啊，好的，可是，我沒有墨鏡。」

家家哈哈大笑。

＊

晚飯一路吃到夜深。

聯手清潔了狼籍的餐桌與廚房，家家才去二〇五室揀一套棉被。

二〇五室出來拐個彎，越過二樓交誼廳，再拐個彎就是家家住的二〇一室。

走廊燈下有條纖瘦的人影站在二〇一室那個轉角，仔細一看是知衣姐。

「找我？」

「不然呢？」

「我們宿舍會鬧鬼啊，想說如果是鬼的話我要看清楚。」

知衣姐笑出來，「你實在有夠莫名其妙。」

家家拉開紗門，扣著門把推開紙拉門，把真空壓縮袋的棉被往裡面一拋，這才騰出手來開燈。再回過身來的時候，知衣姐把一件厚厚的羽絨外套推到她胸前。

家家抱住外套，馬上意會過來。

「我不——」

「不是送你。」

「借我也不要。」她把外套推回知衣姐手上。

知衣姐順手就穿上，雙臂平抬起來，太長的袖子蓋過半個手掌。

「看，我穿太大件了。這裡沒其他人穿得下。」

這倒是實話，宿舍裡唯有她比知衣姐高半個頭。

「……你網購買錯尺寸喔？」

「人家送的，換季正好處理掉。你真的不要，我拿去回收。」

「蛤？難道是前男友的禮物？」

知衣姐安靜了一下。

「應該可以這麼說。」

這下換家家安靜了。

知衣姐脫下外套，家家恭恭敬敬地雙手接過去，口呼三聲感謝。

「是我謝你。」

走廊燈光照映，知衣姐臉蛋上眼睫毛影子拉得長長的，沒有半點傷感。

家家不禁脫口一句：「男友是前任，那小鳳姐是現任嗎？」

知衣姐怔住。

「小鳳是女的，不會是男友。」

「當然，那就是女友嘛。」

知衣姐點點頭表示「邏輯正確」。

「不過不是，小鳳有長期交往的對象。」

——蛤？

家家目送知衣姐離開，轉身回房間了才讓自己露出困惑的表情。

說起知衣姐和小鳳姐給家家的印象，明明都指向同一個結論。

七月的一個早晨，家家隻身搬家進宿舍，邊整理行李邊唱歌，第一個來敲門的就是知衣姐。那張蒼白的臉上黑眼圈凹下去，說話卻是清澈無波的嗓音：

「木造建築隔音不好，唱歌可以，但是唱兩個小時有點太久了。」

「收到，馬上改進。」

知衣姐點點頭轉身走了，過小半晌又踩著樓梯上來敲開家家的房門。

「抱歉，我是不是沒有自我介紹？」

「對。」

「我是一〇一的郭知衣，住你的正下方，旁邊一〇二是盧小鳳，都在這裡住一年了。有什麼問題，隨時可以來問。」

家家說好，才要補一句「謝謝」，知衣姐已經轉身走出去兩步，然後想到什麼似的，又再走回來說：「那要怎麼稱呼你？」

「徐家樺。徐若瑄的徐，Ella陳嘉樺的嘉樺，不過不是那個嘉，是家庭的家。」

下一次見面，知衣姐卻叫她「徐若瑄」，再下一次是「陳嘉樺」，家家當場表示以後只要叫「家家」。

要說知衣姐是脫線的人嗎？不如說是眼睛朝著自己道路前方直視的人，由於只凝視著目標，旁枝末節全部視若無睹。小鳳姐在場的時候，知衣姐的眼睛永遠只看著小鳳姐。

小鳳姐跟知衣姐的作風截然不同，卻也是只看著知衣姐的人。

如果說知衣姐社會化不足，小鳳姐就是過度社會化的類型。

家家住進來不久，留意到小鳳姐經常下廚，而且兩個學姐的午飯、晚飯向來是共餐，因為知衣姐普遍睡到中午，只吃那兩頓飯。兩人共餐時的餐桌至少都是三菜一湯，相較之下小鳳姐獨自吃的早餐很簡單。

家家也是自煮派，但同樣「簡單」的早飯，第一次跟小鳳姐在早晨餐桌上相遇時，她是一大碗公的白稀飯配肉鬆與自漬醬瓜，小鳳姐那一碗是薑片煮虱目魚片與蚵仔的海鮮清湯。

「是生酮飲食嗎？」家家問。

「不是生酮，只是早餐不吃碳水。」小鳳姐笑說：「家家是吃碳水才有力氣主義者嗎？」

家家仰頭一笑：「啊哈！我是沒錢吃肉主義者。」

隔幾天的早晨餐桌前兩人相遇，小鳳姐盛了一碗熱湯放在她手邊。

那是一碗滿是魚丸、虱目魚漿裹魚皮、豆腐與蔥花的味噌湯，海鮮熱湯的濃郁香氣在夏日裡也能勾起饞蟲。放在家家的三角海苔飯糰旁邊，看起來格外誘人。

「魚丸湯分量太少煮不出好味道，我煮得有點多，兩個人吃不了，剛好你幫忙吃一碗。」

「知衣姐今天也吃早餐？」

「嗯，知衣熬夜寫稿，等等喝碗湯才要睡。」

小鳳姐不是誆她，第三碗湯盛起來，就放在知衣姐平時的座位前。家家不傻，就算知衣姐也要吃，這碗湯仍然是小鳳姐體貼的照拂。給她食物，還給她尊嚴。那是家家第一次認真地看著小鳳姐。小鳳姐乍看是個渾然天成的嬌氣千金，沒想到溫柔得如此老練。

知衣姐虛浮的腳步聲從走廊一路響進餐廳，像沒看見家家似的，直直走到小鳳姐面前。

「腦袋快燒掉了，需要退熱貼。」

說著這樣的話，知衣姐低頭把額頭壓在小鳳姐的肩膀上。

小鳳姐拍了拍知衣姐，小聲地說「家家在喔」，知衣姐才抬起頭來張望，對家家點點頭算打了招呼，若無其事地繞去餐桌前坐下。

小鳳姐開了冰箱。

「沒有退熱貼了，保冰袋好嗎？」

「好。」知衣姐聲音軟軟的。

家家低頭一口飯糰一口湯地加速吃完早飯。到廚房裡洗完碗，回頭正好看見小鳳姐放開雙手摀著的保冰袋，把手掌貼在知衣姐的額頭上。

——社會化的小鳳姐，這種肌膚親密接觸過度的事情，會對單純的室友這麼做嗎？

這棟宿舍在知衣姐與小鳳姐入住的時候，正好畢業了一批房客。長達一年的時間，這棟宿舍的房客就只有她們兩個人，而且就住在連號的一〇一室與一〇二室。歷經宿舍爛透了的隔音、鬧鬼的傳聞、雨天的合力勞動，同桌吃飯共同起居的一年，或許她們之間是患難與共的革命情感？

家家是第一次住宿舍。這種事情，她不明白。

其實家家不明白的事情還很多，包括她自己。

四維街一號的人際距離太短了，直覺叫她逃離這個隨時可能被人憐憫的世界，可是雨戶關閉以後暖黃的燈光，傍晚瀰漫的晚飯香氣，餐桌上的笑聲，走廊響起的每一個可以辨別的腳步聲，都讓家家心生眷戀。尊嚴與溫暖，怎麼選擇？

幸好家家不必真的做出選擇。

現實層面的考量，讓她根本走不了。

家家是家族裡唯一讀到研究所的孩子。同班同學裡，有人上榜那時家裡辦桌請客，但到了家家這邊，爸媽第一時間的反應是，「這樣還要花多少錢？」

家裡務農，爸爸十幾年前曾經試過跑船捕魚，最終還是回到家鄉做田。兩個哥哥分別比她大四歲與六歲。大哥高職畢業就跟著家人做事，早早結婚生小孩，爸媽歡喜得不得了。小哥大學畢業後跑去花蓮從事自然農法，上過幾次新聞，爸媽只問為什麼不去考公職？

家家跟小哥是一樣的。爸媽認為大學畢業有利考個公務員，也任她大學讀一個毫無用處的臺灣文化學系，沒想過她有自己的盤算。家家整理推甄書面資料，從臺東繞半個臺灣到臺中面試口考，全是一個人的主意。放榜以後發現高懸榜首，家家堅持往上讀，爸媽對於她讀書這件事只能雙手一攤：家裡沒錢。

家家決定一毛錢都不跟家裡拿。

在網路上找了一通，發現有個日本時代的老屋宿舍出租，租金一個月五千，含水費瓦斯，四坪半的個人房附帶共用的餐廳、廚房、客廳、浴室，前有芒果老欉、內有天井庭院，還位處幽靜的文教區，便宜得令人起疑。原來老宿舍在BBS看板上留下過幾則鬼故事，有人說是半夜有憑空響起皮鞋踏地的腳步聲，也說聽見過小女孩唱日本童謠的歌聲。家家自認窮鬼不怕猛鬼，小女孩要唱歌她何妨幫忙打拍子，有腳步聲她還能配合唱RAP呢。電話聯絡房東敲定日期，七月背著登山包來看房。其中二〇一室是唯一沒有重新翻修的房間，內裝並不那麼乾淨漂亮，木框窗戶老舊還有閉不緊的縫隙，但月租再下折一千，當天家家就簽約入住。

推甄榜首的獎學金折算三年學費勉強打平，存款有限，家家積極打工。距離宿舍幾條街以外有個非連鎖的小型超市，她做晚上六點到十點的打烊晚班，有時支援早班，一個月排班不到二十天，工作時數太少，付完房租連吃飯都很拮据。開學以後她兼做研究所辦公室的工讀生，缺點是學校工讀金入帳總沒個固定時間。家家一度考慮去便利商店多兼一份打工，但很快打消主意，工作時數壓縮讀書時間，豈不是本末倒置？有賴兩個哥哥默默支援白米蔬菜，家家不至於餓死。

也僅限於不餓死。除卻超市晚班偶爾能撿到的鮮食報廢品，家家自己弄來吃的幾乎頓頓都是白飯、醬菜，味噌湯煮青菜豆腐，有點錢也只不過買雞肉或豬肉炒洋蔥。進食熱量遠遠不夠應付一日生活，家家陷入長期的饑餓。

曾經餐桌上她啃著超市報廢的白吐司，肚子竟然發出空腹的咕嚕巨響。同桌的房東置若罔聞，手邊那杯茅臺喝到中途，起身去開了鰻魚罐頭和鯖魚罐頭。

「我下酒菜想吃兩種，你幫忙吃一半。」

家家心裡抗拒，胃袋卻投降。吐司麵包夾著罐頭魚肉，咬進嘴裡的鹹香差點沒讓她流淚。

窮鬼的尊嚴，人情的溫暖，連她自己都無法回答，哪一個比另一個更重要。

這就是四維街一號啊。家家又愛又害怕。

＊

人總要吃飯，家家依舊坦然面對餐廳裡那張八人座的大餐桌。

煮一鍋白粥，配菜是炒蒜頭辣椒的醬菜小魚乾，還有隔夜的蘿蔔湯。

家家擺好碗筷湯匙，外頭有人踩著又慢又輕的腳步聲走進來。是乃云。

乃云一看見她就臉紅——家家不理解，但是不奇怪。乃云一直都是這樣，羞怯又正經，內向又努力。家家覺得乃云有趣，看著她就像是在觀察小動物。

狐獴似地張望，確認這裡只有家家一人，乃云小聲地說「小鳳學姐不在啊」。

「假日的話，小鳳姐偶爾會出門吃早午餐。你找她？」

「不，不是，沒有，就問問。」

家家故作掩面，唱起哭腔：「那就是我比鬼可怕，嗚嗚嗚。」

乃云嚇住了似地迅速辯白：「不是這樣，我沒有怕你啦！」

這反應太像小孩子，家家笑得幾乎要捧腹，乃云卻正色看著她。

「真的，不是怕你。只是我，不太會找話題，怕你無聊。」

家家不笑了，閉上嘴巴回望著乃云。

「抱歉，我講話常常沒經過大腦。那你要不要喝蘿蔔湯？雖然沒有加排骨，不過加了很多玉米，熬得很甜喔。」

乃云愣愣地，慢吞吞地點點頭。

「那，我煎培根和荷包蛋，你要吃嗎？」

家家說好。

乃云下廚房起油鍋，端上來的是用油半煎半炸到酥脆焦香的一大盤培根，兩顆半熟荷包蛋，另外有一盤切片的牛番茄。家家將重新加熱的湯分別盛起，坐下來時，乃云的吐司片剛好從麵包機裡跳起來。

大概是想要找話題，乃云提到了兩個室友學姐。

「小鳳學姐和知衣學姐，像那樣的關係，感覺好好。」

「你指的是哪方面？」

「就是，好像毫無保留的，很親近的互動……」

「你是說放閃嗎？」

「那、那個，可以說，是放閃嗎？」

結結巴巴地話都快說不下去，乃云滿臉通紅。

「像那樣的關係，我也是很羨慕啦。」家家由衷地說。

「是，是說放閃的部分嗎？」乃云似乎是想搞笑，用了同樣的句子回敬她。

家家哈哈大笑，夾起一片培根示意。

「是這個部分。能一起做飯來吃的室友，不是隨隨便便就能找到的。有夠羨慕知衣姐，小鳳姐的手藝很好欸！」

「這樣啊，那……」乃云講了開頭，聲音就低下去，含在嘴裡聽不清楚。

「那怎樣？」

乃云抿緊嘴唇低下頭去，好像努力放輕動作但很明顯是在深呼吸——而且深呼吸了兩次，最後才把眼睛對上家家。

「那我，可以嗎？」

「可以什麼？」乃云節奏太慢，家家想不起前一個話題了。

「就是，一起做飯來吃，我們，我是說，我和你，也可以嗎？雖然不能跟小鳳學姐相提並論，可是我，廚藝還、還過得去。」

本來乃云講話斷句就多，這次一段話更是講得彷彿剛跑完百米，聲音帶著心跳過快的顫抖，紅潮從額頭延伸到脖子，豈止滿臉通紅，根本滿頭通紅。

家家張大嘴巴。

「蛤？跟我嗎？你確定？」

「不是，是我問你要不要，你怎麼反問我……」

「因為我窮死了啊！」

家家把小碗挪到乃云面前。

「吃吃看。沒吃過吧？蘿蔔葉子跟莖部切得碎碎，醃漬之後炒蒜頭辣椒來吃，裡面的小魚乾還是我用白米跟房東換的。這陣子庫存的白蘿蔔、高麗菜和玉米，也是我小哥寄過來，我才有得吃。」

「但是這個，很好吃啊……」

「哈，你內行的！雖然材料有限，還是得讓東西好吃嘛！小時候我吃過水煮涼拌的雀榕嫩葉，車前草熱炒也很下飯，還有構樹的公樹會開長長的雄花，可以煮湯吃，葉子還能炸天婦羅喔。只是摘野菜在臺中市區太顯眼了。唉，說到底一個人在市區生活，我不如去菜市場花十塊、二十塊錢買菜還比較符合成本效益——」家家忽然眉頭一皺。

「怎、怎麼了？」

「我話題都歪樓了，你怎麼不打斷我啊？」

「……大概就是，我覺得這個話題，滿有趣的？」

「好吧！總之我想講的是，知衣姐是跟小鳳姐分攤買菜錢的，可是我沒辦法跟你分攤，這樣不行。」

「那個，白米也是你哥哥寄來的嗎？」

「白米是我家裡人種的，我家三代都在池上種米。我窮到快被鬼抓走，就只有白米多到吃不完。」

乃云想了想，說：「那就，你出米，我出菜，不行嗎？」

家家搖頭，「米和菜又不等價。」

乃云張了張嘴，又合上，默默地伸手拿起吐司片沾半熟蛋吃。

家家鬆了口氣，連同醬菜小魚乾把白粥扒進嘴裡，囫圇咀嚼下肚，眼睛瞥見桌子對面的乃云垂頭喪氣，啃吐司的模樣像極了可憐兮兮的兔子。

「你是家裡的獨生女嗎？」

乃云抬起頭來，眼睛亮亮的。

「嗯，我是獨生女，這也看得出來嗎？」

家家一笑。「很明顯。我有兩個哥哥，吃飯看電視都用搶的。你做什麼事情都慢慢的，一看就是好人家出來的女孩子。」

「我是笨手笨腳的吧。小鳳學姐才是，走路吃飯都很優雅。」

「哈哈，小鳳姐很怕鬼，農曆七月鬼門開，那個月常常聽到她拔腿狂奔。」

「那是為什麼？」

家家指向餐廳外面。

餐廳所在的東側長房與玄關所在的北側長房，一樓位置都是公共空間，西側才是居住空間。位在東側的餐廳，要越過樓梯、西式玄關和一個日式接待空間，才能接到房客居住的西側。暑假那時乃云還沒入住，公共空間罕見人影，平時為了通風而敞開每一道門。蟬聲大作的戶外對比寂靜無聲的室內，儼然鬼故事舞臺。

「仔細一想應該是滿可怕的吧？小鳳姐去哪裡都是用衝的，一開始我還以為是在運動。後來我笑她，那幹嘛不走中庭？有太陽啊！小鳳姐說，從大太陽底下看屋子更陰暗，她都要嚇死了。啊，不知道該說是意外還是不意外，小鳳姐也是獨生女喔，不過她家是大家族。」

「這，確實，好像有點意外，又不太意外呢。」

「猜猜看知衣姐？」

「嗯……知衣學姐有點像家裡的長女，可能有個弟弟？」

「厲害！知衣姐有個妹妹。我問過，知衣這個名字是不是『倉廩實而知禮節，衣食足而知榮辱』來的，她說對。我就又問，那她妹妹叫知食嗎？結果被她笑了！」

乃云側頭思考，「那叫知禮？」

「噗噗，答錯——叫如梅。是『風遞幽香出，禽窺素豔來。明年應如律，先發望春臺』的梅花。」

「取名邏輯不連貫啊？」

「對！我當時也這麼說，再說用典也太冷僻了！」

「知衣學姐讀中文所，好像可以明白為什麼了。」

「那你想不到吧，知衣姐的碩論題目是做ＢＬ！」

「是，Boy's Love的ＢＬ？中文所可以做這個題目嗎……」

「而且，她不是一天到晚都在寫稿嗎？寫的也是ＢＬ。」

乃云聽得嘴巴都合不上了。

那個樣子實在有點俏皮，家家決定加碼爆料。

「我還聽說知衣姐取材經驗豐富，至少有過十個前男友，都快湊到十二星座了。」

乃云眨了好幾下眼睛，看起來正在回想對知衣姐的印象。

「嗯……是很吃驚沒錯，可是，知衣學姐的話，好像可以理解。知衣學姐很好看，而且個性直接，應該是那種，合則來不合則去，如果有人告白就會交往，相處不來就立刻分手，的類型吧。」

本來是想讓乃云驚訝的，家家反倒吃驚了。羞怯的乃云，原來也是觀察入微。

「那猜猜看我？」

「猜、要猜哪方面？前男友的人數？」

家家大笑，「那個人數是零啦，你看我——」

「怎麼會！」乃云低呼。

這是第一次被乃云搶話，家家愣住。

乃云臉紅得像可以冒煙。

「不是，因為家家你，你很漂亮。」

「就算說我是大美女，我也沒辦法請你吃飯喔！我本來是想說，我也有很令人吃驚的底細，讓你猜猜看。」

「底細……這個詞彙，可以用在這裡嗎……」話雖如此，乃云還是盯著家家，一臉認真地思索起來。「那個，我不是問底細，算是我的好奇……家家是，阿美族嗎？」

阿美族——說到臺東的原住民族，不是阿美族就是卑南族，這樣的推測也算是合理的。

「哈！不能因為我住在臺東就這樣猜，對阿美人太失禮了。」

「不是這樣，臺東是一個原因，還有其他的，像是，阿美族的採集文化，對野生食用植物很熟悉。還有就是，不好意思，是我的刻板印象，阿美族都是俊男美女的樣子，然後家家你，真的是個大美女啊……」

家家大笑。

「既然這樣說，那就不是令人吃驚的底細了吧。我原本想要嚇你的是，我是臺文所的推甄榜首啦——等一下，震驚得太明顯了！沒有禮貌！」

「對不起——」

「太過分了，嗚嗚嗚——」

「培根，請多吃一點——」

餐桌上的早飯，培根、煎蛋與醬菜，在你一言我一語之間一一被吞下肚子。臺中的冬季陽光過分和煦，愈靠近中午愈像是夏季。這頓早飯，也彷彿是從冬天吃到了春暖花開。

✻

四維街一號，沒什麼可挑剔的。

空間寬敞，室友親切，房東慷慨，根本是可遇不可求的完美宿舍。

對家家來說，唯一的問題是她自己。

比起人生的前輩們，乃云的行事作風相對笨拙。房東和小鳳姐進退有度，連知衣姐都能保有足以令家家維持尊嚴的距離，但是打從家家那次跟乃云單獨吃過飯以後，日後早飯桌前相遇，乃云總是多煎兩顆蛋。乃云早前做芋泥羹的豬油還有大半罐，用來煎荷包蛋特別香。荷包蛋邊緣煎得焦脆，蛋白柔嫩發亮，頂著半熟的蛋黃，淋上醬油能下一碗飯。

僅僅是雞蛋，已經煎起來了，拒絕顯得矯情，不拒絕，家家難受。乃云見她不樂意，局促地小聲說：「那以後，你出米，我出蛋，這樣可以嗎？」

等價交換說得過去，家家點頭同意，乃云就靦腆地笑起來，臉頰布滿紅暈。真是讓人看不膩的表情。小小的個子，可愛的笑容，圓滾滾的眼睛，乃云像隻倉鼠，永遠一臉軟綿綿、怯生生的樣子。

但那之後就不只是荷包蛋了。

醬漬的溏心蛋、蓬鬆的玉子燒、柴魚風味的高湯蒸蛋……再進階成起司煎蛋捲、淋著菠菜肉醬的歐姆蛋，最後連塞滿馬鈴薯與洋蔥的西班牙烘蛋都登場。家家在玉子燒裡面吃到鰻魚的那一天，看著乃云那雙閃閃發亮的圓眼睛，內心充滿掙扎。

互惠是平等關係，餽贈和賒欠不是。冰箱裡放著以超市員工價買來的鮮奶，家家才有底氣喝小鳳姐的咖啡。吃一碗魚丸味噌湯，日後不忘還一道醬油滷蛋滷豬皮。房東煮的加料泡麵，她回禮幾個即期食品也沒有心理負擔。但是鰻魚玉子燒？時值期末寫論文，家家僅有的一點錢全拿去買書和印文獻，學期結束還得籌一筆返鄉的交通費，可以預見短期間連做一道像樣的菜色都辦不到。

「鰻魚跟白米做交換，我沒辦法接受。」家家努力放輕了聲音這麼說。

乃云一臉緊張，嘴巴張張合合，深呼吸以後才一連串地說：「不是的，你不要誤會。因為這陣子，我沒怎麼外食，三餐都是吃你的米。我，我有在記帳的，真的差不多。而且，天氣變冷，我飯量也，也有增加……」

或許是為了證明所言不虛，乃云這個早晨多盛一碗飯，狀若饑餓地大口吞咽。

盤裡的最後一塊鰻魚玉子燒，終究進了家家的嘴裡。

鰻魚與玉子燒以不同質地的柔軟碎在舌頭上，醬汁、魚肉與煎蛋的香氣盈滿鼻腔。乃云的手藝很好。非常好吃。

乃云沒有錯。家家心想，錯的是她心底那一塊窮病。

既然無法正面拒絕，家家開始偷聽乃云的起居動靜，迴避下一次的同桌共餐。

家家的二〇一室有地利之便，二〇二室的乃云外出一定經過她房門。木造的老房子使人無所遁形，有心就能聽出那是盥洗、如廁還是淋浴的聲響。即使是距離稍遠的廚房與餐廳，也能從腳步聲判斷是走到何處，幾時正在下廚。

家家拼湊出乃云的日常作息。乃云早晨八點前後起床，如果上午有課會起得更早。早飯大多自煮，似乎過往的午飯、晚飯傾向外食與外帶，如今有七成的機率也是自煮。待在宿舍的時候，乃云過半時間待在自己房間，偶爾晚飯後在交誼廳看電視。一週平均兩次在晚飯後外出運動。最晚十點就回房，十一點前後會聽見她房間有銅板碰撞的細微聲響，可能就是乃云自稱的在記帳？十一點半洗澡，十二點熄燈就寢。假日閒散些，睡眠時間也比較長，但只要沒有特殊狀況，幾乎天天都是這樣。

這哪是研究生，根本就是機器人！

但是乃云作息固定，家家才能精準躲過每一次在餐廳碰面的機會。

乃云上午有課的日子，家家等人出門了才進廚房。乃云晚起的日子，就搶先一步吃飯。乃云因此幾度看著她飯後洗碗，有一次正好目睹她吃下最後一口飯，竟然毫無掩飾地露出一臉失落的表情，隨後又打起精神說「下次一起吃早飯吧！」

家家不免心頭掠過一絲愧疚，也掠過難言的感嘆。

畢竟那次共餐的早晨，日頭漸次攀升而氣溫變化，樹木花葉的香氣一點一點濃郁起來，溫度與氣味都還牢牢印在家家的心裡。家家同樣牢牢記得，那個早晨她看著乃云，感覺心頭一片柔軟。

「如果誤會的話，先跟你說對不起，不過家家你，是在躲我嗎？」

乃云敲開家家的房門時，家家完全沒想到會聽見這句話。

應該是太震驚了而失去立刻開口的即時反應吧——家家靈魂抽離似地心想，但我這個莫名的停頓，不就等於答案了嗎？一時之間雙腳竟然發軟，不由得肩膀重重地挨在門柱邊。

乃云過來支撐她，結果兩個人都一屁股坐到地面。

天旋地轉。

「家家。」

眼前一片血黑。

「你還好嗎？有感覺嗎？」

感覺昏沉。

「現在怎麼樣？能動嗎？」

眼前的景色慢慢亮起來。

「家家？」

空氣裡有濃郁的甜香。
家家這才聽見自己的聲音：「是美祿還是阿華田？」
「噗——」粗魯的噴笑聲。
「看來是清醒了。」冷靜的評論。
「是加了很多熱牛奶的美祿喔，溫度正好能喝。」含笑的聲音。
「沒、沒事就好。」顫抖的氣音。
家家終於看清楚了，正上方是寢室那塊有汙漬的老舊天花板。她躺在自家的二〇一室裡，不知何時身邊圍繞著人群。
視線掃一圈，房東，知衣姐，小鳳姐，最後是捧著馬克杯的乃云。
「我暈倒囉？原來人類真的會暈倒啊。」
「幸好沒暈倒太久。不過，房間待五個人太擠了，呼吸困難說不定又會暈，我們都先出去吧。」
「理論上來說，剛才不會暈，現在也不會。」
「還理論上咧，我走啦。」
房東歪歪斜斜地起身開門，率先走出去。
知衣姐和小鳳姐扶家家坐起，乃云把馬克杯塞到家家手裡。

馬克杯熱得剛剛好，差一點點就燙手。家家感覺胸口比手掌心還要熱燙，眼淚忽然就掉進杯子裡。

大家像是沒看見一樣，陸續從榻榻米上站起來。

「乃云你看著她喝完。」知衣姐說。

「好，好的。」乃云坐回原位。

兩個學姐不忘拉上門，掩住湧進來的冷風。

家家才發現二〇一室進入冬天以來，此時是前所未有的溫暖。熱源在腳邊，是個不插電的陶瓷電暖器。不需要插電的。宿舍電費按個別電表計算，耗電的電暖器就算是免費送給她，她也絕對不會開來用。是誰連這個都考慮到了？

眼睛發酸，家家把臉低到接近杯面，小口小口吞嚥熱漿，充滿奶香的美祿巧克力從喉嚨一寸一寸暖到肚子裡。

乃云在旁邊細聲地說：「家家你，可能想知道發生什麼事了吧？你沒暈倒很久，大概十分鐘。我挪不動你，幸好大家聽見摔倒的聲音，合力把你抬進來。你房間冷，小鳳學姐說是氣血不順。知衣學姐說，你一定是沒，呃，一定是血糖太低。房東說電暖器有多的，先用這個。我想泡可可粉，但那個是低脂無糖應該沒用，才改成美祿加牛奶，抱歉這個好像是廢話……總而言之，房東說你年輕又健康，馬上就會醒，房東還真的說對了，不愧是房東。」

家家放下杯子，「抱歉，讓你們擔心了。」

家家這麼一說，乃云眼睛立刻紅潤一圈，倉皇地把臉低下去，伸手擦了眼淚又抬起臉來。

「剛才你暈倒的時候，我們有個討論……」

或許是早就打好腹稿了吧，乃云這次直直地注視著家家，以發抖卻堅定的聲音說話。

家家反而心頭懸起——如果是施捨，她還要不要在這裡住下去？

「家家，你願意當四維街一號的白米供應商嗎？」

「蛤？啥？」

「就是，你說過的，你的白米多到吃不完……我問過大家白米的平均消耗量，除了家家你以外的四個人，總和一個月能吃十二公斤到十五公斤。我也上網查過，池上米的價格落在每公斤一百元到兩百元之間。如果你願意，就是你說的，這樣算是等價交換……」

「乃云。」

「是，嗯，在。」

「這樣行不通的。怎麼交換？輪流負責下廚？還要為了這樣彼此配合吃飯時間嗎？實際操作起來會有很多麻煩的問題。」

乃云低聲地說「我知道」。

「其他人也同意這件事嗎？」

「大家說，要看你的想法……」

乃云聲音已經細微到快要聽不見的程度。

家家輕輕地嘆氣。

「我很喜歡在這裡的大家，正因為很喜歡，所以沒辦法接受。」家家用同樣細小的聲音坦白真心：「施捨與受贈的關係無法長久，最後會破滅的。我不想要這樣子。」

房間一時安靜下來。

乃云安靜了片刻，以小牛犢似的眼睛注視著家家。

「我是讀歷史的，不知道怎麼說服人，不過你聽過一個說法嗎？人類文明的第一個象徵，是大腿骨骨折癒合以後的傷痕。在大自然裡生存的動物，大腿骨折是活不下去的，人類是因為在虛弱的時候彼此照顧，才誕生了可以延續的人類文明。我，我也不知道怎麼說，但是，這個所謂的彼此照顧，並不是施捨吧……你記得我做芋泥點心的那一天嗎？那天你對我比了一個大拇指，還有，更早之前颱風天房東煮泡麵，你說要幫我盛第二碗麵，就是一樣的事情……」

「呃，總覺得哪裡怪怪的，這有一樣嗎？」

「抱、抱歉，我講得有點紊亂。我想說的是，對於社交障礙的我來說，剛搬到這裡的那段日子，我四處碰壁，就好像是那個大腿骨折的人……不好意思這個譬喻滿差的，總之在那個時候，家家你的友善態度，在我這邊來看，就是一種照顧了。你對我好，我也想要回報。這樣，並不是施捨和受贈的關係，比較精確的詞彙，應該是『友誼』吧？當然友誼也要對等關係，但是『等價』這件事，不是只限定在有價的物質之上，對吧？」

乃云語速緩慢，帶一點點顫音，話語卻很篤實。如同乃云固然眼圈紅潤，那雙眼睛裡面除了擔憂還有不為所動的堅毅。

並不是倉鼠、兔子或什麼柔弱的小動物。

家家剛醒來的那時，看見乃云捧著馬克杯，也是同樣的表情。是強壯到足以付出溫柔的人，才會擁有的那種表情。

其實不只是乃云。

家家想起天地昏暗之後睜開眼睛，那時看見的每一張臉。房東，知衣姐，小鳳姐，每個人都是一樣的。

四維街一號，沒什麼可挑剔的。唯一的問題是她自己。

家家正想說話，外頭傳來呼喊。

「樓上的——」房東的聲音。

乃云小小聲地說：「房東說要煮午餐，大家一起吃……」

要接受嗎？

❇

這是家家生平第一次暈倒。或許，也是第一次真正醒來。

窮鬼的尊嚴，人情的溫暖，哪一個比另一個更重要？——這個問題，家家心想，會不會我打從一開始就弄錯題型設計了？

接受自己匱乏的事實，相當困難，但也許並不羞恥。

令人又愛又怕的四維街一號，如果希望有一份長久的人際關係，總是閃躲與遮掩也是行不通的。

這個結論是不是正確答案？家家不確定。可是應該比她原先的答案更接近正解吧。

在乃云的注視下，家家起身去開門。

「午餐——吃什麼——？」

「石頭湯——」房東高歌似的。

「啥啊？」

「我出乾麵條，乃云出雞蛋——」房東。
「我出大白菜——」小鳳姐。
「我出豬肉絲——」知衣姐。
「還有你的鯖魚罐頭——」四人和聲。
家家回頭看，才發現乃云也是和聲的一人，忍不住仰頭大笑。
「我才沒有鯖魚罐頭，是誰的啦！」
「房東先墊，你之後補——」
「欽郭知衣你慷他人之慨啊——」
樓下的聲音逐漸混亂。
家家撐在欄杆處，把眼睛的溼氣眨去。
乃云輕輕地走到她身邊。
「這意思是，你接受了嗎？」
「唉啊，果然心裡還是有點過不去。」
「真的很抱歉。」
「不要道歉啦。」
「對不起，啊，不是，拜託請你當作沒聽見。」

家家從胸口發出笑聲。

二樓的走廊，抬頭就是天空。

低頭，看見的是矮她許多的乃云的頭頂，還有一雙發紅的耳朵。像是貓在陽光底下透紅的耳尖。

「你說過你有在記帳？那是怎樣，我可以跟你學嗎？」

「當、當然！是我的榮幸。我，我雖然不是讀商業的，但我媽媽是會計師，我從十歲就開始記帳了……」

「什麼——」

「家家你，震驚得也太誇張了……太失禮了……」

「咦，等等，這對話有點熟悉——你該不會是故意學我的吧？」

「……請你當作沒聽見好嗎？」

乃云滿臉通紅。

家家停不住笑意，想要摟住老家狗狗的那種心情油然而生。

可愛的小傢伙。

不是戀人關係的小鳳姐和知衣姐，也會覺得對方可愛嗎？肯定會的吧？要不然家家無法解釋自己如今的感受。

家家心想，要是能跟乃云成為學姐們那樣的親密夥伴，那會是多棒的未來啊。

第三幕　盧小鳳

小鳳想沖杯咖啡。

家家上午鄭重宣布，這天她要做晚飯請大家吃。到了下午時分，就見家家和乃云在餐桌前嘰嘰咕咕埋首討論。

向來手頭拮据的家家請客吃飯，已經是天下紅雨的罕事。性格羞怯的乃云，不時抬頭對著家家露出笑臉，簡直要人懷疑獨角獸立刻就會從哪裡冒出來。直到兩、三個月以前，小鳳聽她們對話還經常出現溝通障礙，度過一個寒假竟然不可同日而語了？

穿越餐廳進廚房，小鳳都不必側耳細聽，兩個學妹的交談內容自動遞送上門。

「這個還是應該讀成『tsinn sio kue』吧？」

「可是這個片假名拼音，只有『チ』跟『イ』，等於沒有鼻音……而且漢字寫成『生』，應該是讀成『tshinn』。」

「但是『tshinn』也有鼻音啊！」

「是這樣沒錯，也許是鼻音脫落……」

「什麼是鼻音脫落？」

「是語言學裡的一種變化現象，不過我語言學修得很差……」

「糟了個糕，報告船長，我們剛啟航就觸礁了！」

「這，呃，沒沒沒事，不怕，拼音解讀不妨礙做料理。」

噗。小鳳忍不住失笑。這到底是在聊什麼亂七八糟的。

注滿水的水壺擱上瓦斯爐，咔嚓點火，煮水的空檔小鳳走回餐桌前面。

「你們是要做飯，還是做研究呀？」

兩個學妹齊齊把頭抬起來望著她，眼睛一起放出光芒。

「對齁！小鳳姐的第二外語是日文！」

家家才開口這麼說，乃云立刻遞上一本成色古老的舊書說「請看」。

默契十足了呀這。

低頭一看攤開的舊書，左右書頁各一大段落沒分行的日文文字，其中最簡潔的一行字頓時突出：「（51）生燒雞」。漢字旁還有字體更細小的片假名拼音，「チイショヲコエ」。

小鳳不及細想，旁邊的乃云先說話了。

「這個拼音，我們看不太懂，是讀成『tsinn sio kue』，還是『tshinn sio kue』？」

「是『tsinn』還是『tshinn』不知道，但很奇妙的是這裡把『雞』唸成『kue』欸，我都唸『ke』。」家家緊接著說。

小鳳這才回過神來。

「這拼音是讀成泉州腔的臺語呢。有點稀奇，『燒雞』拼出來的確是『sio kue』。泉州腔唸『kue』，漳州腔唸『ke』。」

「比較常聽見『ke』吧？」家家說。

「嗯，通行度比較高的是『ke』。不過我家是唸『kue』。」

「我家也唸『kue』……這本書的發行所位在高雄，作者的通訊地址是臺南地方法院官舍，我和小鳳學姐也是南部人，可能有地緣因素吧。」

乃云講話溫吞，說出這段話的時間已經足夠小鳳坐下來將書前後翻閱。

書本薄小，最後的頁碼是八十九，連著書末的廣告大概只有一百頁再多一點。目次頁上寫著的書名是「臺灣料理之栞」，前一頁正好是作者署名「明治四十五年四月下浣

林　久三識」。

等等。

「明治四十五年？」

家家秒答：「是西元一九一二年，也是大正元年，也也是民國元年。」

如果知衣在場，肯定第一時間吐槽「『也也是』是什麼病句」。小鳳想著就笑。

「但是戰前日文跟現代日文差異滿大的喔，我姑且看看吧。」小鳳前後翻頁，「『生燒雞』應該唸成『tshinn sio kue』吧。『生』這個漢字不會讀成『tsinn』（糋[1]），而且字義差得遠了。現在臺語漢字把『tshinn』寫成新鮮的『鮮』，但早年會寫成『青』或者『生』。」

「媽啊，外文所還會教這些？」

「當然不是外文所教的。那我還要問臺文所怎麼沒教臺語文呢？」

「這個問題榮登臺文所最不想被問第一名！」家家故作心臟遭擊，身體頹倒在桌面。

小鳳視線回到書上。

之前乃云做芋泥那時候拿來參考的古書，應該就是這一本吧。

戰前日文跟現代日文有所差異，但是漢字很多，匆匆瀏覽也能抓到重點。第五十一道料理，生燒雞。使用戰前日本的計量單位，雞肉八十匁，麵粉二十匁，豬油三、四合，鴨蛋三個，另有鹽巴兩小匙與辣椒粉少許。料理步驟概括來說是切片的雞肉裹上鴨蛋麵糊，投進冒起黑煙的豬油油鍋，炸成金黃色後挾起瀝油，最後用辣椒粉拌一拌。

冒黑煙……烹飪油炸的低溫大約一百六十度，高溫通常不過一百八十，豬油的發煙點正是一百八十度左右。燒到起黑煙該是幾度呢？

「這該不會是今天晚餐的主菜吧？」

家家立刻抬頭挺胸起來，「そのとおりです（正是如此）。」

小鳳微微一笑。

「真是令人不安呀。」

家家笑說「我也這麼想欸」的同時，手指直接戳到紙頁上的「粉辛子」字眼。

「但是沒關係，不吃辣的話我們不放這個辣椒粉！」

小鳳當場扶額。

乃云忙忙地說：「現代人口味不同，我是想，這食譜可以改良。」

幸好有人抓到重點。

「雖然想問的事情很多，不過那些就算了。那今天晚餐的其他菜色是什麼？」

「還有沙拉。」乃云說：「是高麗菜絲。就是，跟日本炸豬排的配菜一樣，因為生燒雞是炸的，這樣比較清爽。是家家她哥哥寄來的高山高麗菜，很好吃喔。」

家家在旁發出「嗯嗯」的附和鼻音，最後結論道：「還有蘿蔔排骨湯，加很多玉米！」

這樣一來，總共是一肉一菜一湯。

「我前兩天趁著特價買了兩盒蛋，結果用不完，不如我們再做一道馬鈴薯蛋沙拉，可以用來搭配高麗菜絲。萬春宮附近的老店烤肉沙拉飯，也是高麗菜絲配馬鈴薯沙拉，很像日本洋食的做法。」

家家「哈」地一聲笑，說：「剛才討論是也覺得分量少了一點，乃云本來說她要做嘉義涼菜，但今天說好是我請客的嘛，所以也沒有答應她。其實除了生燒雞，我還想多做一道家鄉菜，九層塔炒非洲大蝸牛，蛋白質很高而且熱量很低，因為小鳳姐不是有在計算卡路里嗎？這超級完美搭配油炸的生燒雞，只是我還沒找到臺中哪裡有秤斤論兩賣的蝸牛。」

非洲大蝸牛？小鳳迅速看向乃云。

「我跟家家說，下次我和她一起吃就好。畢竟，不是大家都敢吃蝸牛。」

「是這樣呀，呵呵，沒事，我大學去歐洲交換一年，蝸牛料理很常見，只是我一次也沒吃過。」小鳳語速都加快了。

「歐洲和臺灣吃的蝸牛品種不一樣，所以小鳳姐大概沒發現，其實熱炒店的炒螺肉很多都是非洲大蝸牛喔！」

「我不想知道這種事情。」小鳳正式遭到擊墜，倒在餐桌上。

家家卻發出笑聲。

「謝謝小鳳姐。」

什麼？

小鳳重新坐正，看見家家咧著嘴傻笑。

「馬鈴薯蛋沙拉的材料我也都有，我來做就好。我跟乃云學記帳，調整用錢習慣以後真的有存下一點錢喔，雖然還不多，但是一頓飯而已，現在的我沒問題的。」

家家神情豁達，說話間不忘對乃云擠去一個眨眼。乃云兩頰燒得滾紅，卻沒有逃避家家的目光，只是靦腆地抿著嘴唇微笑。

啊，真好。小鳳感覺那就像是春風吹拂而花朵綻放的瞬間。

這是四維街一號的魔法。小鳳篤定地感知到這件事。在她並不知曉的某個時刻，家家和乃云共同經歷魔法施展的那個瞬間了。

同樣的魔法，小鳳也曾經體驗。

那是在夜裡漆黑的四維街三巷，男友的重量壓制之下，她挨著四維街一號的側牆動彈不得。忽然有人拉開窗戶用清澈果斷的聲音說：「她已經說她不要了。」她抬頭去看，看見陌生室友那一雙亮晶晶的黑色眼睛。那之後她才真正認識這個名叫郭知衣的隔壁房住戶。

小鳳心情好，笑咪咪地問：「那家家為什麼選生燒雞來當主菜？該不會乃云喜歡吃炸雞吧？」

家家立刻翻開古書目錄，手指又戳在紙頁上。

三個漢字赫然是「生雞雞」。

「這個！我想說什麼料理這麼生猛？那就選這一道了。結果只是印刷錯誤！」

小鳳扶額。

熱水壺吹起哨聲。國中生黃色笑話等級的話題擱置下來。

小鳳秤豆、磨豆，以熱水浸溼濾紙一併溫熱咖啡壺，瀝乾了以後執起手沖壺，片刻就沖好一壺咖啡。

家家也沒閒著，加熱的溫鮮奶裝進梅森罐，當場手搖完成一罐奶泡。

乃云到櫥櫃裡翻翻找找地挑出咖啡杯，水洗之後用餐巾紙一一擦乾。

小鳳看了一眼。四個杯子花色不同，正好是她們各別偏愛的幾個。能培養出這樣的生活默契，大概也是四維街一號的魔法吧。

「不必準備知衣的，杯子三個就夠了。」

「知衣姐今天不寫稿嗎？」

「正好相反，知衣閉關趕稿了。吃完午飯以後，我煮好滿滿一瓶一點五公升保溫壺的紅茶送進她房間，應該可以喝到晚上。」

小鳳在三個杯子裡傾入咖啡，正好分完一壺。家家接手將奶泡分進三杯咖啡，還餘下一杯的分量，確認知衣不要就仰頭喝掉了。

「喔，原來那個味道，是這樣來的。好像有決明子和大麥。我還以為，是哪間店在煮古早味紅茶。」

乃云愈來愈能跟上話題了。小鳳點頭微笑。

「還加了一點點紅棗跟人蔘鬚，補氣潤肺。我留著一瓶放冰箱，晚餐一起喝吧。」

「讚啦！多謝小鳳姐！」家家高舉雙手歡呼。

乃云緊隨著家家的歡呼說「謝謝」。

「這麼開心，那晚上睡覺你們兩個誰收留我好了。」

「蛤？」

家家和乃云一臉困惑。

「因為呀，這個季節氣溫變化大，木造房子熱脹冷縮，半夜老是有怪聲不是嗎？」小鳳撫著胸口說：「平時就很可怕了，最近我真的沒辦法一個人睡覺。知衣說今天會熬夜寫稿，沒辦法讓我留宿她房間。我本來打算住旅館的。」

家家比了個大拇指，「住我房間沒問題喔！不過小鳳姐你也知道，我二〇一聽說一百年沒修過，天花板看起來有幾張臉……」

「那好意我就心領了，謝謝。」小鳳截斷家家話尾，假作可憐地看向乃云。

「原來，原來是這樣啊。」乃云慢半拍地憨笑起來，「前幾天有個早上，我看見知衣學姐房間的，那個，紙拉門沒有關好，開了個門縫。想說不知道是要通風，還是忘記關緊，我過去想問，結果看見房間裡面，是兩個人在睡覺……」

「非禮勿視啊，乃云！」家家喊得像是身歷其境。

「我沒敢看啊！」乃云也急了。

小鳳更急：「真要做什麼，我怎麼可能不鎖門！」

這句話資訊量過高，三個人同時安靜下來。

一時間無人開口，三個咖啡杯以不同的節奏被拿起來又放下去。

「家家，隨便說點什麼吧，像蝸牛之類的話題也可以了。」

「蛤？喔。」家家想了想說：「最近洗澡的時候，我唱歌都有人幫忙和聲。我一開始以為是走過巷子的鄰居，不過一連三天都這樣，而且那個人從張惠妹到Ilid Kaolo都會唱欸。我大聲問說你到底是誰，聲音就不見了。看來應該是傳說中四維街一號的地縛靈喔！」

「我不想知道這種事情！」

＊

生燒雞做了改良。雞胸肉切小片，用蒜泥、醬油與米酒醃漬。醃漬雞肉冰鎮兩個小時。鴨蛋加入植物油、汽水打發起泡，與麵粉拌勻做出蓬鬆的麵糊。雞肉裹上鴨蛋麵糊，用豬油炸。第一遍是一百六十度的低溫，炸熟內部後起鍋，再將油溫提升到起煙點，第二遍高溫油炸，把麵衣表面炸得酥脆。餐巾紙吸去多餘油分，撒上白胡椒粉。

沒有按照食譜做菜的話，特地參考《臺灣料理之栞》的必要性又在哪裡呢？這個問題沒人討論。這道二〇二〇年版本的生燒雞吃起來像鹽酥雞和宜蘭卜肉的綜合體，內裡是鹽酥雞，外層形似卜肉。味道太香，連趕稿的知衣都被勾出房門。

「人家是『佛跳牆』，我們是『小說家出關』。」

晚餐結束後，家家下了這個評語。

知衣評價這個評語：「聽起來不好吃。」

生燒雞改良版出乎意料的好吃，四個租客到齊的晚飯餐桌老樣子氣氛融洽。明明是值得開心的夜晚，小鳳卻整個晚上都有陰影。

畢竟是這個四維街一號啊。

夜裡嘎吱作響的木構建築，白天無處不在的陰翳暗處，讓小鳳不分日夜總有些時刻受到驚嚇，要按著自己的心口大唸阿彌陀佛和觀世音菩薩。她此前拿香拜拜只是行禮如儀，住進四維街一號以後，只差沒有連耶和華一併信了。

本來孤身睡覺已經很難，誰料得到竟然天外飛來浴室怪談，連孤身洗澡也困難起來。生燒雞之夜結束，知衣回頭閉關，小鳳只能拜託家家和乃云在淋浴隔間外陪她聊天，當晚在小鳳房裡一人一個鋪蓋睡成川字型，總算把這天晚上熬過去。

明明這麼怕鬼，為什麼還住四維街一號？

答案單純而粗暴。家人允許她再當幾年學生，前提是必須住宿舍。

學校宿舍硬體設備太差，室友太多，小鳳自知從小嬌慣到大，根本不考慮。校外的學生宿舍基本上只是換個名稱的套房大樓，室友之間的互動頂多是偷接wifi或者誤連藍芽，過不了家人那一關。雅房分租或者共享公寓，二、三十坪的公寓擠進三、四個陌生人，小鳳也難耐那份局促逼仄。

再找不到宿舍入住，小鳳就要包袱款款送回臺南，危急時刻是表姐找到了四維街一號。六十幾坪的兩層樓建築，滿員只住六個人，獨立房間保有個人隱私，共用衛浴餐廚符合家人要求。歷經風霜的日式建築還令人聯想京都旅行時短居的百年民宿，簡直天賜恩惠似的一棟學生宿舍。

那當下可沒想到，旅行短居跟日常居住是兩回事。

小鳳一天洗兩次澡，午飯後的沐浴還沒事，浴室怪談讓她睡前洗澡像戰鬥。戰鬥澡洗到第三天，小鳳忍不住單刀直入地去問房東：「傳說四維街一號鬧過鬼，到底是不是真的？」

房東慢吞吞地喝酒，悠悠地看著小鳳。

「竟然是真的？」小鳳簡直顫抖。

房東一口酒差點噴出來，「我什麼都還沒說欸。」

「很多時候，不說也等於是說了。」

「不愧是盧小鳳小姐，這還真是只有你才會說的話。」

「我其實比較想聽見你的反駁。」

「好吧。你想，如果真的鬧鬼的話，我怎麼可能還住在這裡？」

「迂迴的提問不能算是一種答案。」

「我的答案是我沒遇過鬼。」

「但並不意味著別人沒遇過？」

房東露齒一笑，「穿鑿附會的事情，你們文學院的研究生應該能拆解這種流俗的想像吧。」

小鳳冷靜下來。

「你們家長輩過世之後爭財產，不肖子孫放話故弄玄虛？」

「想像力豐富，不過這棟房子是我奶奶送給我小姑媽，小姑媽又送給我的，完全沒有打過爭產官司。」

小鳳忽然發現問題癥結，如果房東家三代都住在這裡，怎麼會流傳鬼故事？

但還沒有開口，樓上什麼東西沉沉落地咚咚兩聲，緊接著是急促而細碎的爪子嘩嘩刮地，搭配裂帛般的尖銳獸鳴。小鳳嚇得跳起來，隨即心領神會。

貓。

小鳳和房東對看一眼。春天是貓的發情期，四維街一號中庭敞開，不免偶爾充當貓咪擂臺，但打進二樓走廊比較罕見。

樓上的貓打得激烈，又「喵」又「哈」。

二樓的家家開門喊聲：「貓跑進來啦！單兵該如何處置？」

房東起身喊回去：「生命會自己找到出路——」

貓尖叫，貓狂吼，深夜裡聽起來也是鬼哭狼嚎。

小鳳無語問蒼天。這棟屋子就算沒有鬼，跟有鬼也沒什麼兩樣。

後來戰鬥澡還持續，幾天下來就心力交瘁。小鳳想問知衣要不要去谷關度假泡溫泉，總是下一秒自己掐斷這個念頭。

手指在螢幕上跳動，點出「今晚吃宵夜嗎？」這樣一段訊息，分別傳給兩個人。

小鳳不吃宵夜，實際問的是過夜。她需要洗澡，也需要有人陪睡。

境外的特殊傳染病在舊曆年前開始有討論聲浪，舊曆年過後國內零星幾個確診病例個案全上了新聞。二月中旬小鳳赴宜蘭礁溪約會，跟約會對象聊起來說這疫情逼人收山，以後說不定不約了，對方笑著說「要是關係真的曝光了，大不了我娶你啊」。小鳳厭煩這說法，把人整整晾著一個月。

手機螢幕上的一個訊息顯示已讀，但沒有即時回應。頭像是張文青作派的黑白照片，不是去礁溪的那個。二月底，文青約她去了市郊的汽車旅館。送小鳳回家的車上，文青說確診足跡公告會愈來愈詳細，話講一半點到為止，言外之意是暫時不見面了。兩人沒再約過，上一則訊息傳在半個月前。

水壺嗚哨。小鳳擱下手機。這天決定用摩卡壺喝黑咖啡。秤豆子，磨豆。電動磨豆機嗡嗡作響，細粉簌簌下墜。

小鳳在碩士班一年級開學的九月分搬進四維街一號，那天開始截斷大學時代的所有約會對象。從臺北遷徙到臺中，距離是個好理由。重新下載交友軟體，兩個星期就有開放式關係的新男友與新女友。宿舍隔音太差，半夜裡一〇一室那邊什麼東西磕磕碰碰，她在一〇二都能嚇醒過來，只好選擇出逃。有時在旅館，有時是約會對象住處，一個星期能外宿五個晚上。

後來覺得累。小鳳逃離家族牢籠，沒打算進另一個牢籠，厭煩幾次親熱就糾纏不清的伴侶。關鍵點更在新男友，原以為是個浪子，結果意外執著，現身宿舍門外聲稱是驚喜，其實只差一線就是跟蹤狂。小鳳斷捨離，不要戀人，床伴就好。對象來來去去，碩一下學期固定下來，名單上只餘兩名女性，一個是同去礁溪的健身教練，一個是汽車旅館相會的文青名媛。

拆解摩卡壺。熱水傾入下壺，咖啡粉填進粉槽，栓緊上壺。

身兼網紅的健身教練事業心旺盛，正業之餘有個三十萬訂閱數的Youtube頻道，無意經營婚戀關係，格外滿意於一位合得來又有戀愛感的穩定性伴侶，禮物鮮花送得輕巧無負擔。年近不惑的文青名媛是有夫之婦，單身時代創立的時尚品牌交棒給丈夫管理，獨自住在臺中的分居生活無味得仰賴偷情調劑，比起旅館床鋪的柔軟度，更在意開房前後吃什麼餐廳。

兩個約會對象各有各的忙碌，半公眾人物的身分讓彼此有低調的共識，不黏人，好溝通，配合度滿分，女人之間做愛還不必擔心懷孕和性病，不能更完美了。小鳳每次傳同一封訊息給兩個人，誰先應聲就跟誰出去。彼此沒承諾，誰也不欠誰。礁溪回臺中之後，健身教練主動來訊兩次，小鳳已讀不回，任由對方傳來好幾張大哭貼圖。

摩卡壺上瓦斯爐。先中火，水沸上湧，萃出黑漿，再轉小火，萃出泡沫時離火。

咖啡香氣溢滿整個廚房，倒出來只是一小杯。

小鳳吹涼了喝一口才看手機。

文青名媛：「疫情熾烈，且不追求一口吃的。」

健身教練：「4.有學生要上課，因該6.可以去接你。」

兩個人先後傳來訊息，文青腔和錯別字都讓小鳳發噱。

晚上六點鐘，要答應嗎？小鳳陷入思索。知衣連續趕稿了幾個晚上，原本盤算做一道方便進食的雞肉滑蛋飯搭配新鮮的油菜花。兩種料理都是現煮才好吃……

細微的腳步聲由遠走近，才在腦海裡轉過一遍的人進了餐廳，過來把小鳳那小半杯咖啡一口喝乾，腦袋沉沉靠在小鳳的肩膀上。

「終於交稿了。」

知衣大提琴一樣的嗓音，拉動弓弦那樣實實地划過小鳳的心頭。

小鳳屏住氣息，再慢慢地呼出來，總算忍住按緊胸口的衝動，手伸起來先輕輕地撫摸知衣的腦袋。

「再來一杯咖啡，還是要退熱貼？」

「都要。也想吃點甜的。」

「那不如去外面走走？草莓季節的尾聲，舒芙蕾鬆餅配草莓，滿滿的鮮奶油再淋楓糖漿。新發現的鬆餅店，就是路有點遠，不搭車要走二十分鐘。」

「也很好，很久沒走路了。」

知衣換姿勢，下巴擱在小鳳肩上。

手機螢幕亮起來，閃進一則訊息：「跟學生請假去接你ㄡ，做完吃飯or吃完在做？」

小鳳敲回一句：「對不起喔。」

對方迅速傳來好幾個大哭的動態貼圖。

關螢幕。

「你有約了。」知衣說。

「沒有了。」小鳳說。

知衣於是安靜地靠著小鳳的肩膀片刻。

「你在她的故事裡是反派角色吧。」知衣說。

「對，我是邪惡的大壞蛋。」小鳳說。

知衣笑起來。

那樣輕輕淺淺的笑聲，從小鳳的肩窩一路共振到胸腔。

好想按住跳動劇烈的心臟。

唉，大壞蛋還是有剋星的呀。

＊

難得並肩出門散步，還是沒走成遠路，只從四維街一號走到四十六號。

老咖啡廳的實木門面一派昭和風情，臨路有光潔而靜謐的大面玻璃窗。小鳳想起這裡也有草莓鬆餅，朝著知衣看去一眼，知衣便以嘴角微不可察的上揚幅度表示同意。推門進店，大面玻璃窗下的一組座位正巧空著，桌面中央亮著一盞木座印花玻璃檯燈，與老咖啡廳特有的直角高背椅共同構成半隱蔽的包廂。

點餐，草莓鬆餅，一杯虹吸式煮法的經典藍山，以及一杯漂浮冰咖啡。飲料率先上桌，黑咖啡放在面無表情的知衣前方，綴著冰淇淋的那杯則給了小鳳。店員走後，小鳳與知衣順手對調杯子。

小鳳留意著知衣的表情。知衣並非特別看重吃，但是專注一次只做一件事。只因為不看手機、不看書，就顯得對食物慎重與享受。

知衣勺起冰淇淋與鮮奶油，放進嘴裡的下一刻眼眉舒展開來，露出卸下重擔似的柔軟神情，眼睛熠熠生輝。那像歷經酷寒的春天雨後萬物復甦，也像盤古開天，知衣亮晶晶的眼睛一邊是太陽，一邊是月亮。

小鳳為這樣的表情著迷。她做飯給知衣吃，很大原因是貪看這個瞬間的表情。

知衣忽然笑了起來。

「我們第一次喝咖啡也是在這裡。」

「對呢。」

小鳳想不起當時的自己點了什麼，卻記得知衣面前那杯擠滿鮮奶油的維也納咖啡，還有比維也納咖啡更少見的冰淇淋香蕉船。吃這麼甜的東西，卻這麼瘦嗎？當下的小鳳心裡驚訝，忍不住多看幾眼對面的陌生室友，無肉的臉頰與清癯的下巴，而沿著纖細的脖子下來，鎖骨線筆直如畫。

知衣似乎同樣陷入回憶，側著頭想了想說：「那時候你喝的是哥斯大黎加的藝伎咖啡豆。」

「這麼細節的事情，還真是銘記在心呀。」

「那是我第一次知道這種豆子，後來寫進小說裡了。」

真是個八風吹不動的人。小鳳習慣了，只笑著說一句「我的榮幸」。從她這邊拋擲過去的慢速曲球，知情趣的人早就擊中球心，知衣那邊別說落空，根本沒揮棒的意思。

知衣活在她專心致志的世界裡。

而小鳳現此時活在以知衣為中心的世界裡，銘記知衣的諸多細節。

中文系研究所二年級下學期，選修七個學分，一星期三堂課，期末要繳交三份論文報告，指導教授指定暑假期間提交碩士論文大綱。學術之外的文字工作，線上連載的長篇小說每兩週交稿一個章回，一個短篇小說集創作補助計畫預定年底結案。剛剛交出去的稿子，是幫月刊雜誌臨時救火的一篇書評。

趕稿中的知衣，就是一部寫稿機器。不在趕稿期的知衣，倒像一株春天吐蕊的筆直花樹，自有一股從容安寧。她能獨自走一整天的路，埋首看一整天的書，聽人講一整天的話。知衣並不內向，卻擅長獨處。手機經常放到沒電，社群網站的通知從不即時點閱，筆記型電腦可以兩三天不連網路。

網路時代以前，創作者不接電話、不收簡訊之類的傳說並不稀罕，但是小鳳沒想過現實世界裡能見到斷網也無所謂的同齡人類。知衣就是小鳳從來沒有遇見過的那種人。

成長在富裕的大家族裡，小鳳見過無數種人。國中時代的小鳳，已經熟稔於判斷他人話語的弦外之音。言語並不可靠，眼神總是透露得更多，小鳳學會看人必須看眼睛。童稚時只能讀懂善意或者惡意，而後那一雙雙眼睛裡的是討好、偏愛、欣羨、嫉妒、厭惡、戀慕或者慾望，小鳳都能輕易洞穿。

高中生小鳳曾經納悶，同齡的男生女生們怎麼能夠毫不收斂地表露動物性的一面，莫非是還沒完全社會化嗎？但是大學生小鳳坦然接受了，即使是交往對象當中的社會人士，這樣昭然透露行動企圖的眼光，依然所在多有。

在她凝視之下緊張到語速加倍的帥氣學姐，眼裡漸次升起熾烈的火光；她側過臉避開幹練青年的眼神接觸，而後那雙眼底的烈焰立刻黯然幾分。那些眼睛的光亮起滅，取決於小鳳視線多停留十分之一秒，或者少接觸十分之一秒。只因為她一個眼神，他們會飛起來，也會掉下去。這些因她而生的狂喜與心碎，總是令小鳳渾身顫慄。

但是知衣的眼睛是一潭高山湖泊。

「我剛認識你的時候，覺得你像個仙女呢。」小鳳說。

「這樣啊。」也許帶有一點羞赧吧，知衣露出微妙的笑容，隨後說：「我對你的第一印象，是覺得這真是個公主一樣的人。」

小鳳微微笑起來說：「還有這回事呀。」

碩士一年級入學的九月，已經是一年六個月以前的事情了。

入住前的八月底，有兩個碩士畢業生先後遷出四維街一號。小鳳看房時正巧碰上三〇二的住戶，健談地告訴她最好住西側，避開東側餐廳的喧騰，住一樓又比住二樓好，因為二樓北側的交誼廳能看電視，隔音不好挺吵的。

小鳳兩層樓上下繞三圈細細看完，選定西側一樓兩間房當中的一〇二。沒料到二〇二舊住戶對每個看房的人都給了相同建議，這個學期僅有的兩個住戶最後比鄰而居。隨著搬家公司抵達四維街一號的小鳳發現一〇一已經住人，當下一度考慮換個房間，只是感到太刻意了，唯恐打壞關係而作罷。

房間只有四坪半，小鳳無法多帶行囊，兩箱衣服、兩箱雜物與兩箱書，找搬家公司的關鍵是一張睡慣了的加大單人獨立筒彈簧床。日式建築設計低矮，那張床墊立起來比房門入口要高，搬家工人一時不察狠狠地撞了一下門框。

動靜太大，一〇一有人推開門走出來，跟小鳳四目相對。

眼鏡底下的那雙眼睛既像琉璃也像墨玉，目光溫潤寧定，偏偏臉上毫無表情。

像個仙女一樣的人。

那就是小鳳對知衣的第一印象——如果說，這個世間有如此不修邊幅的仙女的話，大概就是眼前的這個人了。她細軟的短髮好幾處亂翹，亞麻材質的煙管褲全是皺摺，純棉T恤摺痕明顯，眼鏡卻乾淨得沒有一點塵埃，而眼睛同樣毫無煙硝與紅塵。

但那並非什麼一見鍾情的羅曼史現場，也不是少女漫畫花朵滿開的特別時刻，接下來的只是新住戶之間不痛不癢的招呼。抱歉打擾到你。不會。我是盧小鳳。我是郭知衣。結束，That's all。接下來幾次在公共空間裡相遇，彼此只是點頭微笑的交情。

直到小鳳結交的新男友起意給她驚喜的那個夜晚。

歷來只讓約會對象送到住處的一條街之外，小鳳在宿舍大門看見捧著鮮花的男人，不快地引往罕有人走的巷弄狹路，嚴肅地說「我不喜歡這樣」。男人以為這是調情手段，伸出手臂將她框在胸膛與建築側牆之間，笑說：「突然對我這麼凶，這是角色扮演遊戲嗎？」

小鳳想鑽出臂彎，男人卻連同鮮花將她擠壓在牆邊。
「不要這樣。」小鳳一個字一個字地說。
男人的笑聲更高了，「我想聽你求我。」
小鳳摸到提包邊的防狼警報器，還沒來得及啟動，旁邊的窗戶驟然拉開。
「她已經說她不要了。」
澄澈乾淨的聲音穿透暗巷。
小鳳抬起頭來，看見那個人背光的臉龐晦暗不明，唯獨那雙眼睛在街燈斜照下折射出水流一樣的透亮光點，彷彿月光映照的高山湖泊。沒有論斷，沒有喜惡，鏡片後面那雙眼睛冰冽明淨，直直看進小鳳的心底。那是四維街一號魔法發生的瞬間。
那天之後，小鳳與知衣才有真正的第一次交談。
保持幾回普通室友之間的一來一往，小鳳以致謝為由約知衣喝咖啡。就在同一條街上的四十六號老咖啡廳，知衣的冰淇淋香蕉船與維也納咖啡，她的哥倫比亞藝伎咖啡。同樣是窗邊的高背椅情人座，午後的日光遮斷在騎樓之外，玻璃檯燈暈黃的光源照映桌面。知衣問她經常外宿的原因，她坦承是怕鬼。
「外宿的費用足夠再租一個套房了，不考慮搬家？」知衣疑問。
「我家有點複雜。」小鳳說。

面對陌生室友，小鳳沒來由地在那雙眼睛之下敞開心房。世居關廟的百年家族，日本時代進府城做布料買賣發達，到她是單傳的第五代。父親的兩個兄弟早夭，本人也不長壽，她是父親的遺腹子。龐大的盧家產業核心經營者裡九成九是遠房親戚與姻親，小鳳出生以後母親代夫扛起家業，也是代女守成。

小鳳這個名字充滿寄望。最初想取單名「盧鳳」，怕折壽才改「盧小鳳」。她抓周抓到算盤，家裡連放九串大龍炮，二十桌流水席從家門擺到街頭宴請厝邊頭尾。小學高年級，她耳聞姨婆舅公物色其他家族子弟做她婚姻的合夥人。國中時代，還能在阿公的辦公室聽見隔壁會議室裡家人們描摹她的未來。她的命運是一條直線，通向家族繼承人的寶座。

從關廟到府城，地方人脈緊密相連，像是鄉人每一雙眼睛都盯著盧家的長孫女。小鳳快窒息了，但是無處可逃。

拉小鳳一把的是母系這邊的姨表表姊。表姊比小鳳年長一輪，是小鳳同輩人裡唯一親密的手足。小鳳本想出國放飛大學四年，家人覺得傳統產業沒必要一紙國際學歷，最遠只讓她到臺北，是表姊居中斡旋，小鳳才偷得交換學生一年的喘息時光。大學畢業在即，表姊協助她爭取升學的機會。家族產業運作穩定，不差多等兩三年時間，只是擔憂小鳳養大玩心。那時表姊在家族會議裡說，小鳳沒有交過真正的朋友，讓她去住宿舍吧，學習跟人相處的經驗對未來有好處——所以她住進四維街一號，再怕鬼也無法搬家。

小鳳說完了，知衣那雙眼睛依然一片清淨。

明明是韓國電視劇、臺灣八點檔、總裁小說裡面才會出現的俗濫身世喔？

「你相信嗎？」

知衣點點頭說：「我的八字有六兩一錢。」

小鳳不解。

「八字重量最多到七兩一錢。我八字重，你害怕的時候，可以想想我住在你隔壁，能避邪。」平鋪直敘的口吻，毫無玩笑意味。

到這一刻，小鳳終於打從心底笑出來。

知衣也笑了，眼眉放鬆，露出柔軟的表情。

冰淇淋香蕉船吃到見底的那一天，她們成為了朋友。

時隔幾個季節，草莓鬆餅送上同一張餐桌。

鮮奶油與草莓點綴的鬆餅，正中央是一球草莓冰淇淋。小鳳勺起鮮奶油與草莓餵到知衣嘴邊，知衣順勢就吃了，反手也比照辦理。

鮮奶油在嘴裡融化，草莓有甜美的酸楚，咀嚼起來像是回味舊日時光。

＊

小鳳倒是沒有想到走回宿舍，也像舊日時光重現。

四維街一號大門牆前有人等著她。

那是個熟人，一打照面就直直走向小鳳。由於體格頎長健美，大步伐前進兩步就到小鳳眼前，直到發現旁邊有第三人的時候緊急煞住腳步。或許是知衣在場必須顧慮顏面的緣故，那人看著小鳳半晌，斜眼過去從上而下審視知衣一遍，最後乾澀地問：「這是你室友？」小鳳點點頭。那人掉頭要走，小鳳說：「我們約定過的，你這樣是Straight Red Card（直接紅牌）。」

那人返身回來，難以置信地看著小鳳。

但也只是那樣了。

推開四維街一號大門，圍牆裡面還有入口。進玄關，脫下室外鞋。

「你想獨處，還是到我房間打電動？」知衣問。

小鳳跟進知衣房間。

房裡一團混亂。以書桌為中心，書本從桌面一路向外擴散，甚至零星幾本書放在床鋪上面。床鋪角落棉被跟襯衫捲成團，當中還露出一角書脊。筆記型電腦外接螢幕與鍵盤，之間散落著各種小物件，眼藥水、眼鏡清洗機、各種顏色的鋼珠筆和沒帶出門的手機。桌面最整齊的是排排站好的杯子和水瓶，熱飲用的馬克杯，冷開水用的玻璃杯，還有保溫壺和冷水壺。主要的那張椅子上掛著幾件衣服，另一張椅面疊一摞書。

這是知衣房間的趕稿型態。平時慨然讓小鳳借宿，唯獨這種情形睡不下第二人，有時候知衣沒留意，把書堆在收拾起來的折疊床鋪上，連她自己都沒有地方睡覺。

知衣把椅面的書挪往榻榻米，去矮櫃抽屜裡翻出兩個遊戲手把。啟動主機，調整外接設定，螢幕立刻亮起色彩鮮豔的遊戲待機畫面。

一人一張椅子坐下來。

捲軸式遊戲畫面，背景音樂輕鬆歡快，音效叮叮咚咚。

「你不問嗎？」小鳳說。

「不知道怎麼問。」知衣說。

「是我其中一個固炮。」

知衣「嗯」地應了一聲：「健身教練。跟Youtube上看起來一樣。」

「你有看她的影片？」

「嗯，好奇你喜歡的類型。」

——你為什麼好奇我喜歡的類型？

小鳳想問，自己把話掐在喉頭。像是此前無數時刻，她想問知衣要不要一起去泡溫泉，也想問知衣要不要去哪個山頭、哪個沙灘走一走。那是戀人之間的要求，小鳳自己熄滅那些念頭。

可是有沒有可能，知衣也對她興起別的念頭？

小鳳按下遊戲暫停鍵，轉頭過去看著知衣，知衣也正好轉過來。那雙眼睛依然明鏡止水，一絲雜念都沒有。無欲無求的仙女，沒心沒肺的傢伙。小鳳感覺委屈極了，眼圈頓時熱辣辣的。

知衣抬起手來輕輕撫摸她的腦袋，像是不久前餐廳裡小鳳對她所做的那樣。

「原來你這麼喜歡她喔？」

小鳳緩慢地深呼吸，拚命忍住了沒把心聲化作現實的話語。

——郭知衣你這個豬頭，我喜歡的是你！

小鳳試過以對待其他人那種方式對待知衣。

對付其他人容易多了。她在餐廳包廂裡摘下文青名媛的細黑框眼鏡，在看夕陽的海濱把玩健身教練的手指，用隨便一句聽起來像是編造的藉口說明她行動的理由：「我有個朋友跟你戴同一款的鏡框」、「我室友是小說家，原來健身教練的手指可以一樣漂亮。」

她們揮棒擊出小鳳拋擲過去的慢速球，親吻她或者擁抱她。

但是知衣不會揮棒。

一年前的老咖啡廳裡，小鳳為知衣抹去維也納咖啡沾在她嘴角邊的鮮奶油。知衣當下毫無反應，下一次卻同樣以手指抹去她的唇蜜。原本以為知衣性格溫吞，隔了幾天才回應她的撩撥，結果知衣竟然認真以為那唇蜜是她吃爌肉飯時沾上的油脂。

知衣不揮棒，只是奉行禮尚往來。小鳳在知衣熬夜以後幫她按摩肩膀，日後知衣就回禮幫她捏腳。換季的老建築嘎吱作響，知衣收留小鳳在房裡過夜，換季過後知衣趕稿弄得無處鋪床，也毫無心理負擔地借宿小鳳的房間。

只是小鳳偶爾陷入困惑。看電影的時候她把腦袋靠在知衣肩頭，知衣順勢也把腦袋靠過來。這還在禮尚往來的範疇嗎？但小鳳自詡擅長看人，怎麼也沒看出知衣對她有室友以外的情感。

她們在社群網站上加了朋友。小鳳慣用的是圖像為主的ＩＧ，知衣多用聚集次文化社群的噗浪，交集只好是多數人都有註冊帳號的臉書。小鳳看遍知衣臉書最近五年來的每一張照片，依然沒看出這個人的隱私情報。唯獨最近的一則貼文，是轉發倡議同志婚姻合法化的新聞。

小鳳若無其事地在餐桌上問：「你每天都這麼忙，有交往對象嗎？」

知衣想了想才說：「類似交往的狀態，應該算是有。」
「這個說法是指，開放式關係嗎？」
知衣搖頭，「我寫ＢＬ小說，大部分採用第三人稱單一視角，主角的戀人就算我的戀人吧。」
小鳳傻眼，反而笑出來。
「那豈不是每一本小說寫完，就有一個主角變成你的前男友？」
「嚴格說起來，兩個主角都會變成前男友。根據角色設定，我再多寫兩部就可以湊出十二個星座了。」
知衣說得一本正經，小鳳反倒笑到捧腹。
「那你呢？」
問這話的知衣大約還是禮尚往來。
小鳳停了一拍才開口：「我有幾個長期往來的固炮。」
「固炮是什麼？」
「固定炮友的簡稱。白話文是固定性伴侶。」
知衣說喔。
「如果是複數對象的話，代表確實可以做到性愛分離吧。」知衣說完，像是對她致意一樣頷首說著「受教了」，以陳述句作結：「這超出我對女性在情慾方面的既定認識，世界果然很廣大。」

小鳳心頭一鬆，才發現等待知衣說話的片刻裡一直屏著氣息。

她比自己想像中還在意眼前這個認識未久的室友。

對待其他人，比對待知衣容易多了。因為小鳳並不在意其他人。她喜歡看情人笑，更喜歡看情人哭。她喜歡情人為她情迷意亂，為她心碎，為她一個眼神飛升或墜落。這令她渾身顫慄，還在那顫慄裡得到快感。她要的不是愛情，甚至不是肉慾，她想要的是操控命運的可能性。

碩士班第一個春天的清明連假尾聲，小鳳搭末班車回到臺中。那個深夜小鳳走過知衣沒有閉緊的房門，看見熄燈的一〇一室是滿地書本的趕稿型態，隨後沒有意外地在自己一〇二室的床鋪上看見隆起的被窩。

知衣睡在那裡。睡相不好，又是乍暖還寒的季節，一條腿伸出被窩之外，寬鬆的短褲捲到大腿根，再往上是弧度起伏有如山稜的髖骨。小鳳在昏暗房間的床邊坐了很久，先是看著那條腿，後來凝望知衣那張沒有任何表情的寧定睡臉。就著一點點戶外的光源，知衣的臉龐看上去有羊脂白玉的質感，眉眼就像墨彩畫的那樣分明。

小鳳心想，她認真看過誰的睡臉嗎？

那一夜，她就知道郭知衣跟其他任何人是不一樣的了。
她是別人故事裡的反派角色，而知衣就是她故事裡的剋星。

❇

一年前那個清明連假尾聲的深夜裡，知衣自己醒過來，看見小鳳的第一句話是「我肚子好餓」。小鳳啼笑皆非，問她沒吃飯嗎？知衣回答說趕著連假過後讓編輯拿到稿子，寫了幾天小說就吃了幾天的白吐司。她們一起去了廚房，小鳳取出日曬的乾麵條和牛肉罐頭，打三顆蛋，切碎蔥花，煮一大碗速成牛肉麵上桌，看著知衣唏哩呼嚕吃麵。小鳳撐著臉頰看餐桌對面那張滿足的臉，說以後我煮飯給你吃吧，知衣點點頭說好啊，再吃兩口麵，才又問「你為什麼對我這麼好？」

小鳳微笑說：「因為我喜歡你呀。」

知衣說：「我也喜歡你。」

但是那雙眼睛不染塵埃，純友誼的喜歡。

那樣就過去了一年。從春天到另一個春天，從兩個住戶到四個住戶，從清靜到熱鬧，小鳳和知衣一天比一天更有生活默契。知衣同樣乾淨的一雙眼睛，一年之前讓小鳳心頭震動，一年之後讓小鳳在心裡用光所有能罵的髒話。罵完了，最終還是接納現實。「寫為摯友讀為暗戀」的關係，這樣就好。

怕鬼怎麼還住四維街一號？就是因著知衣，連鬼屋都變成歸宿。

疫情新聞連發的清明連假，住戶半數沒有移動規畫。房東是臺中在地人。家家說路途太遠風險增加，這次不回臺東。知衣家慣例是元宵節過後的正月掃墓。乃云住嘉義，顧慮疫情決定單日來回。只有小鳳返鄉關廟多日，宗廟祭祀是家族的大事，又是連假尾聲才回到四維街一號。

這次不是深夜，午後就抵達宿舍。

臺中的四月分已經有夏季的高張豔陽，屋頂瓦片與木構外牆曝曬得發散獨特氣味，乾燥氣候更令芒果花香格外濃烈。

餐廳有聲響，小鳳放完行李過去一看，發現除了房東以外全員到齊。

八人座的大餐桌前面，知衣、家家、乃云各自坐在平時習慣的位置上，桌面只有一雙小尺碼的舊皮鞋。是什麼邪教聚會嗎？

小鳳一個一個看過去。

乃云眼神平和溫馴，以往對於別人的目光有所畏懼，如今比較自在了。

家家明眸大眼，一如既往展露直爽狷介的性格。

知衣。令人心折。唉。

知衣拉開身邊的椅子，小鳳順勢坐下來，忍住掐她兩下的衝動。

家家舉手發問：「小鳳姐家清明節吃潤餅嗎？」

「當然吃潤餅呀。怎麼是這個話題？」

「剛才聊到，家家和知衣學姐她們家裡，沒有吃潤餅的習慣。」

「因為知衣家掃墓吃的是艾粄吧？」

「對，艾粄、發粄和紅蛋。我阿婆在世的時候，都是自家做的艾粄和發粄。潤餅是寒食文化脈絡底下的節氣食物，我們不在清明節掃墓，可能是這樣才沒有吃潤餅的習慣。」

「我阿媽家掃墓吃的是草仔粿和紅龜粿，雖然是清明節，但也沒吃潤餅。」家家說。

「艾粄和草仔粿，是不是很類似？那發粄，是發糕嗎？」乃云問。

「艾粄外皮用的是艾草，草仔粿是鼠麴草，但發粄跟發糕應該只是名稱差異。」知衣答。

「說到名稱差異，臺南很多店家是把潤餅寫成春捲的。」小鳳。

「我們臺東也叫春捲。」家家。

「嘉義，也叫春捲。不過，臺中這邊是叫潤餅。」乃云。

「宜蘭有潤餅也有春捲，但兩種東西不一樣，春捲是炸的，路邊攤也有賣。」知衣。

小鳳以手機迅速查了一下，「名稱好像是以中部為界，雲林以北的主流叫潤餅，以南叫春捲。移民比較多的地區名稱似乎會混著用，花蓮兩種說法都有。」

家家再度舉手，「但是但是，路邊攤賣炸春捲還滿稀奇的吧？」

「還有賣炸糕渣和卜肉。」知衣說：「離開宜蘭才知道外地沒賣這些。」

「我也是，離開嘉義才知道，別人家的潤餅裡面，沒有麵條。」

「嘉義潤餅裡面放麵條嗎？我的天啊，加麵條也太聰明了吧！」

「等等。」小鳳終於打斷這個話題。「繼續潤餅的話題以前，有人可以為我說明一下這雙鞋嗎？」

畢竟皮鞋放在餐桌上實在是太顯眼了。

但這個可以簡單回答的問題，卻沒有立刻得到答覆。

「這要從哪裡說起……」乃云喃喃地說。

「其實這也是跟潤餅有關的事情吧。」家家陷入思索。

小鳳一頭霧水，只好看向知衣。

知衣如同往常一樣地回以直視，用平淡的口吻說：「先說結論，四維街一號沒有鬼。」

這話讓小鳳更陷入迷惘。潤餅、皮鞋和鬼，三者之間的關聯是怎麼牽起來的？

「這半年以來，乃云在交誼廳找到一本古書，家家在二〇五找到鐵皮玩具。這兩個東西看起來都是日本時代的舊物，但是為什麼我們兩個住進來這麼久了，一直以來卻沒有發現過類似的東西？」

儘管知衣平鋪直敘，小鳳還是抓到重點：「所以這雙皮鞋也是？」

知衣點點頭，「對。這次是我在餐廳裡找到的。」

餐廳這麼多人來來去去，真要有一雙舊皮鞋老早就被發現了，怎麼可能留到現在？小鳳迅速去看皮鞋。小尺寸，真牛皮，素面未雕花，橫一片鞋帶附金屬釦環的圓頭鞋。小孩子的皮鞋，在古老的建築裡憑空出現。光是想想，小鳳就差不多要哭出來了。

知衣握住她的手肘。

「有我在。而且，真的沒有鬼。」

「真的，就算有鬼也已經被閃瞎了。」家家說。

「閃、閃光彈，批發中。」乃云說。

小鳳一時間又哭又笑。

知衣伸手過來以手指指腹輕輕地幫她抹去眼淚。

「還是我來說吧！」家家一拍桌子，「知衣姐說小鳳姐回老家通常不開心，既然如此不然來做個晚餐給小鳳姐吃吧，這意見太棒了大家都同意，想說《臺灣料理之琹》還有至少六十道沒做過，不如再來做復刻菜。誰知道上上下下分頭找遍房子也沒看見那本書，那不然清明節來做潤餅也滿應景的，決定一起確認一下食材，結果知衣姐就在餐廳的壁櫥裡找到了這雙小皮鞋。」

知衣接續著說：「但是這不代表有鬼。無論是書本、玩具還是皮鞋，保存狀態雖說不是很好，看起來還是有清潔整理的痕跡。就算存在所謂的靈騷現象，鬼怪應該也不至於想到要保養古董。想來想去，應該是房東隨手亂放的可能性比較高。皮鞋放這裡，純粹方便等房東回來可以問她。」

「然後，後來，我們就開始討論潤餅了。」乃云作結。

小鳳按住胸口，直到現在才鬆一口氣。

「不過說起來也滿有意思的。」

家家這麼說著，把皮鞋拿起來捧在手中，尺寸比她的手掌還小。

「看看這雙鞋的大小，穿鞋的小孩子應該沒有超過一百公分吧。我的房間柱子上有幾條刻劃身高的痕跡，最高的那一痕，差不多也是一百公分。」

小鳳隱約覺得應該阻止這個話題。

家家卻已經順著說了下去：「你們看過ＢＢＳ上的四維街一號鬼故事嗎？半夜響起的皮鞋腳步聲，小女孩唱日本童謠，線索可以拼湊在一起欸！」

小鳳遭受重擊，乾脆哭倒在知衣懷裡。

這該死的令人又愛又恨的四維街一號！

1 糒，即為炸。

第四幕　郭知衣

知衣自覺有點不太對勁。是因為小說連載進入收尾階段，內心鬆懈了嗎？或者是選修課程的三篇論文架構已有眉目，心生自信能夠順利度過期末報告的關卡？

往常的日子裡，通勤、上課、吃飯、洗澡那些瑣事不提，知衣從睡醒到入睡的那段十幾個鐘頭時間，坐在桌前總是迅速進入全神貫注的心流狀態。那像是潛航，她進入深邃黝黑的海底，找到一條唯有自己看見的路線不斷前行。一次完整的潛航，有時是半天時間，短一點也有兩個鐘頭。每次斷線以後，她起身解決生理需求，吃點什麼、喝點什麼，上個廁所，回來銜接下一次的潛航。

但是知衣最近的潛航容易斷線。

一〇二室的整髮器提示聲。小鳳的腳步聲走到玄關。街上的汽車怠速。行人駐足圍牆之外。這種無謂的小事，以前知衣充耳不聞，如今一個個成為小小的石頭丟在她潛航的路徑之前，讓她霎時登出海域。

不只是潛航斷線，知衣也比過往更常確認線上的共用行事曆。小鳳在一年前設置了這個行事曆，她們上課、Meeting、學期報告截止日、小說截稿日，一路到需要注明的日常活動，各自一應記錄。

小鳳根據行事曆決定那一天的料理，有時在知衣的截稿日之後安排一頓下午茶或者費時的餐點。知衣偶爾留意小鳳的外宿、慢跑與宵夜時間，因為這意味著她必須自行解決一頓晚飯或隔天的午飯。那些都是小鳳約會的暗語。

共用行事曆的初期，知衣好幾次是誤餐了才想到要看看小鳳的行程。再後來，小鳳察覺她不看行事曆的壞毛病，乾脆每次約會多提醒她一句要記得吃飯。既然如此，知衣看不看行事曆也沒什麼差別，這個習慣又擱置下來。

為什麼最近開始頻繁看起共用行事曆了？知衣自己也莫名其妙。期末在即，小鳳行事曆上的五、六月分一片空白，她依然每隔幾天就看一次小鳳的行事曆。

一定有什麼地方不對勁。

知衣想事情慣性用手指捲頭髮，連日把自己頭髮捲成鳥巢。即使如此也沒想出原因，面對連載小說的倒數兩個章節，決定先把稿子寫完。

——話雖如此。

知衣的潛航再次突發斷線，原因是聽見小鳳推開玄關大門，以及隨後汽車駛離的聲音。她看了一下電腦顯示時間，「下午8:26」。點開共用行事曆，小鳳沒有任何紀錄。以往也有這種狀況，臨時的不過夜約會，通常晚飯後出門，午夜以前回來。因為不至於讓她誤餐，也就不會特別告知。

所以，是約會嗎？知衣自忖，但我以前會在意這種事情嗎？

潛航不順利，知衣索性進廚房補充咖啡因。

餐廳的大餐桌前面只有房東在喝酒，知衣以視線接觸充當打招呼，打開冰箱沒看見冷泡咖啡，再去翻了兩個櫥櫃。

「找什麼？」

「三合一的咖啡即溶包。」

房東吞一口酒，「哈」地吐出酒氣。

「你有沒有搞錯，我們宿舍哪裡來這種東西？」

「以前我買過，記得還沒喝完。」

「見鬼了吧，打從盧小鳳買了那臺不知道幾十段刻度粗細的專業磨豆機，我就沒看過什麼三合一即溶包。」

知衣闔上櫥櫃，轉過身來打量房東和那瓶即將見底的五十八度高粱酒。

「這位連皮鞋都會放在餐廳櫥櫃的酒鬼小姐，我是很想相信你的。」

房東斜起嘴角笑，「我沒騙你，你想想你什麼時候買的，放到現在還能不過期？」

知衣當真被這話問住。她咖啡上癮，也嗜甜食，即溶咖啡能同時補充咖啡因和糖分，往年趕稿起來她全靠即溶咖啡和吐司麵包度日。剛搬進四維街一號那時，她在超市買了兩袋四十五入的分裝即溶包咖啡。但是，那已經是將近兩年前的事情了。

房東以不成調的曲子唱歌：「仙界一天人間一年喲。」

知衣懶得回嘴。開了幾個櫥櫃才找齊咖啡豆、磨豆機、手沖壺、濾紙和濾杯，接著發現沒有熱水，只好再接水煮水。

「你要喝嗎？」知衣後知後覺想到問房東一句。

「我戒咖啡一年啦。」

「是喔。」

「本來想吐槽你，不過你居然想到要問我喝不喝，真的是大有長進了。怎麼，天庭砸破了大洞，神仙下凡了？」

「這個說法是有什麼典故嗎？」

房東噴笑，「你還管典故咧。」

知衣想了想說：「大概是小說連載快結束了。」

「這口氣聽起來不像開心的事。」

「沒有不開心，只是在想下一個連載怎麼辦。」

話說著，水壺燒開了，知衣逕自抽身。

房東坐在旁邊看著她沖咖啡。

「既然小說都寫了好幾年，那就別怕空窗期，要有信心讀者不會拋棄你。」

知衣有點意外地正眼看向房東。

邋遢隨性的酒鬼突然神智清明地說出這樣的句子，才教人真要以為天生異象了。但是房東隨即又一笑，敞開手臂輕輕揮舞，恢復平時的痞樣。

「難得神仙下凡，你多看看人間風景呀，現在不是春光明媚嗎？」

「現在是梅雨季。」

「嘖。」

咖啡沖好，加兩勺白砂糖拌勻，知衣仰頭一口氣喝完。熱燙的咖啡入腹像是壓在胸口，沉悶得難受。

就是搞不懂難受什麼。

知衣清理完廚房，繞著雨戶遮起來的走廊走了兩趟，最後被房東嫌吵趕出門。撐傘，散步。知衣從四維街一號走到盡頭的五廊街，再折返回來。半個小時就讓鞋襪溼透了，期末不宜感冒，只能偃旗息鼓。

剛進玄關大門，迎面碰見剛脫下室外鞋的小鳳。

知衣抬頭去看玄關牆上的掛鐘，才正要接近十點鐘。約會不到一個半小時？

「這時間你怎麼會出門呀？」小鳳驚訝。

好問題。知衣也沒有答案，藉著收傘把這個問題想了兩遍。

「大概是小說連載快結束了，就想走走。」知衣想來想去只能這麼說，又順著話頭問：「那你怎麼也出門？」

「寫論文呀，趕在圖書館關門前去找了兩本書。」

「喔。」

小鳳卻微笑起來。

「快要完稿是值得開心的事情沒錯，但別在下雨的夜裡散步吧，等連載結束了我們再好好慶祝。」

「我，看起來很開心嗎？」

「是呀，你鞋子都溼了還在笑呢。」

知衣差點就要探頭去照一照掛鐘下方的鏡子。

但不必照鏡子，知衣感覺得到自己上揚的嘴角。

太不對勁了。

❋

知衣洗過澡回房，小鳳已經在一〇一室裡面備好熱茶。

茶杯接手直覺就喝了，苦味回甘，溫度適中。知衣多看了小鳳一眼。小鳳見她喝完，順勢把她按到椅子上，拉起毛巾擦頭髮。

「這次綠茶沒加糖，放的是甘草和薄荷。淋了雨想說讓你喝點熱的，只是這種潮溼悶熱的季節，添一點辛涼去溼的比較好。不好喝嗎？」

「好喝。我是想，不燙。」

「那我拿去加熱？」

知衣在毛巾底下搖頭說「我不是這個意思」。

「出門散步之前我自己泡咖啡喝，喝下去才發現很燙。這種理所當然的事情，說出來好像很蠢，不過你給我喝的茶和咖啡，溫度都是剛好的。」

「你平時喝飲料都沒注意溫度，所以熱飲我會先放一小段時間。怎麼回事，今天突然發現了？」

「……我不知道，房東剛才也說我神仙下凡。」

小鳳只是笑。笑聲如曲調，輕輕上揚。

知衣腦袋蓋在毛巾底下，感覺到小鳳擦頭髮的手勁更輕了幾分，像是按摩，也像撫摸。小鳳手指按的明明是頭，不知道為什麼彷彿被人按到陷下一塊凹痕的卻是心口。非常奇怪。知衣取下毛巾，小鳳站在她身前。

小鳳還是尋常的模樣。乾淨的上衣，平整的裙子，站得筆直的身軀，笑咪咪的臉，香香的氣味。一個好看的女人。知衣卻又感覺如同平生初見，看得簡直陷入沉思。

「要聊聊嗎？」

「怎麼說？」

「覺得你今天怪怪的。洗澡前看你還很開心，現在不知道在想什麼。」

小鳳在書堆的空隙裡找到位置坐下來。

知衣也往榻榻米地板上坐，隨手把毛巾擱到旁邊。

小鳳又伸長手撈回去，方方正正地折好。

「小說快寫完了很開心，但是寫得不順又煩悶？」

「不確定，也許很接近吧。」

知衣不知道怎麼說明近期潛航屢屢斷線這件事。

要說到動輒脫離心流狀態，就得說小鳳的動靜如何影響她。要說小鳳的動靜，又得說到小鳳不知道是否存在的約會。對，那些讓她登出心流的一切，都是她疑惑小鳳是否要出門約會。但是小鳳的約會關她什麼事？

「我想應該還是你太忙了。雖然小說連載只剩下兩個章節，不過也還有三篇期末論文不是嗎？看你行事曆，暑假就要提交新的連載小說大綱，讓人很擔心你過勞死呀。」

「人類不會這麼容易死的。」

「喂，你有時候真的很靠北。」

毫不客套的小鳳，反而讓知衣頓覺放鬆。

「新的連載還沒簽約，這兩個月我會評估狀況，確實也有考慮先放一放。下半年的事情多，文化部補助的小說十一月要結案，再說還得專心寫碩論。」知衣想了想，還是按不下念頭說：「本來以為你今晚去約會了。」

或許是話題轉換太快，小鳳明顯愣住一下。

「我最近很少約會了呀。先前出局一個，另一個疫情不約。」

「嗯。只是想，對你來說找新的約會對象也不困難。」

知衣看著小鳳，小鳳看著知衣，竟然在這個話題裡安靜下來。

「我沒想到會跟你討論這種事情。」小鳳說。

「我也沒想到。」知衣說：「抱歉，沒有冒犯你的意思。」

小鳳搖頭說沒事，手邊卻拿起折好的毛巾要起身。

知衣即時打開新話題：「說起來，當時只知道你外宿是因為怕鬼，一直沒問過你為什麼怕鬼。」

「怕鬼還需要理由？」

「說的也是，不過任何恐懼都總有個開端吧。」

這話題開得挺好。小鳳一臉認真地思索起來，知衣趁機把那方毛巾挪到更遠的地方。

「要說到源頭的話，可能是我小時候在布莊發生過的一件事。」

「『小時候』這個時間概念的範疇挺大的。」

「郭知衣。」

「在下洗耳恭聽。」

小鳳噗哧一笑。

總算笑了。知衣也露出一點笑意。

小鳳伸手過來像是想捏她的臉，最後只是幫她把頭髮勾到耳後。

「大概是十歲的事情。」

那是小鳳家族經營的一個布莊倉庫，每隔一段時間固定巡視。小鳳升上小學中年級以後，家人會帶她同行。大人談工作，而小鳳會在那裡遇見幾個同輩的親戚小孩。孩子們之間沒什麼可聊的，他們玩捉迷藏。

布莊的庫存布匹以棧板堆疊，疊起來形似一塊一塊方形的巨大積木。取貨通道雖然寬敞，布匹棧板之間卻狹窄到成人難以通行，唯有小孩能在其間穿梭，最適合捉迷藏遊戲。

那天小鳳當鬼。數數到一百，睜開眼睛的瞬間，倉庫大燈開關發出鏗鏘聲響，所有光源霍然熄滅。避免布料受到日照，倉庫幾乎沒有室外光源，熄燈便徹底黑暗。十歲的小鳳立刻領會這是其他人對她的惡作劇。她是家族裡萬眾矚目的孩子，在同輩之間尤其不受歡迎。

小鳳不想哭出來，勉強在看不見的漆黑倉庫裡憑著記憶摸索找路。就在默數到第九個棧板的時候，黑暗中有人發出小小的笑聲：「嘻嘻。」

「那個時候我還以為心臟會嚇到破掉呢。」小鳳說。

「那些小孩後來沒被揍？」

「沒有喔。我出了倉庫以後，發現他們都在餐廳裡吃綠豆湯。大人問他們為什麼只有我落單沒去，他們說我一個人在倉庫裡自己玩。」

「只有你落單。」知衣聽出問題：「那倉庫裡偷笑的人是誰？」

「對。這就是最恐怖的事情。熄燈的倉庫真的太黑了，就算想要欺負我，也沒有道理一起躲在這麼令人害怕的地方。我比那個人更早出倉庫，倉庫到餐廳只有一條路線，但是我到餐廳的時候，他們都已經到齊了。說真的，我想不出來那個人會是誰。」小鳳說完往事像是歷劫歸來，笑著鬆一口氣說：「所以你說的沒錯，我怕鬼的恐懼是有個開端。

我怕沒有來由的聲音，也怕沒有人的陰暗空間，原因就是童年陰影吧。」

害怕沒有來由的聲音，也怕沒有人的陰暗空間。

知衣總算明白過來。即使她八字重達六兩一，日夜坐鎮小鳳隔壁房間，依然無法真正解決小鳳的恐懼感。四維街一號偶有異響的換季時節，小鳳通常直接過來一〇一，或者找個約會對象外宿過夜。

「你可以天天來我房間睡覺。」知衣下結論。

小鳳卻失笑，「哪有人天天去室友房間睡覺的。」

「純粹以機率來說，這種事情發生的可能性是存在的。」

「但是一般人不會這樣做呀。」

小鳳似乎決定結束話題，從書堆裡起身。

知衣也站起來，感覺腦子裡閃逝無數光影，又像一片空白。

「那如果，不是一般人呢？」

知衣其實也不知道自己想說什麼。像是無數次斷線的潛航路徑上那些小石頭一顆一顆掉下來，干擾著她沒有辦法理順思緒，只能顛三倒四地把心底話拼湊成一塊。

「如果我可以的話，你是不是就不必再找其他人外宿？」

話說完，知衣自己嚇一跳。這樣沒頭沒腦的話，竟然輕率地脫口而出。

小鳳明顯也受到驚嚇，剛背過去的身驅就僵直在那。知衣側身去看，發現小鳳臉頰一片暈紅，聚攏的眉頭卻顯得凝重。在知衣輕輕碰到小鳳手肘的時候，小鳳回頭以審視的目光認真地看著知衣。

知衣沒有看過這樣的小鳳。那是知衣無法形容的表情，凜然、羞赧、苦澀、甜蜜、悻然、陶然，這些是可以同時並存的情感嗎？但是不明白什麼緣故，知衣一下子也雙頰滾燙起來。

「你憑什麼臉紅呀？」

「我不知道。但你也臉紅。」知衣陳述事實。

小鳳氣笑了，「你知道你剛才在說什麼嗎？」

「在說，讓你睡我房間？」

「不對。」

「要不然是？」

「你的意思是要代替其他人當我的炮友。」

「對啊。」

「不對！我的意思是你為什麼有這個提議？」

「因為之前你說過不找戀愛對象了。」

「那如果我開始找戀愛對象，你就要提議當我的女朋友嗎？」

知衣本來也想說「對啊」，但在小鳳嚴肅的目光下意識到這並不是好答案，一時啞口無言。小鳳說「我是在問你的這個提議」，知衣說「嗯」。

「難道不是因為你喜歡我嗎？」

小鳳咬字清晰，聲音卻顫抖。

那細微的顫抖聲令知衣震動。

但是這件事，不是早就知道了嗎？

知衣不由得陷入迷惑，「我當然喜歡你啊？」

小鳳直直地盯著她看，片刻後才說：「你沒有理解我想要的答案。」

＊

——那你想要什麼樣的答案？

那個夜晚，知衣在心底把這個問句問了一百遍。

她在一〇一室而小鳳睡在一〇二，夜裡清楚聽見一〇二室那邊幾次翻身、起身、走路再返回床鋪的動靜。她徹夜聆聽，直到天亮才睡著。

隔天中午餐廳碰到面，小鳳已經煮好午飯。

義大利麵，小菜，沙拉，湯。

如同尋常的一頓午飯。如常吃飯，如常洗碗，一起打理完廚房，小鳳如常地問她要不要喝咖啡。她說好。

於是知衣喝了一杯加三勺糖的咖啡。

小鳳喝兩杯。

喝完了以後小鳳說：「我們暫時保持距離好嗎？」

知衣傻住幾秒鐘才找到聲音說話：「保持距離，具體來說是什麼樣子？」

小鳳如同尋常地笑了。

「具體來說就是，分開吃飯，分開睡覺，像一般的室友吧。」

「所謂『暫時』，精確地說又是到什麼時候？」

「這種事情誰能精確地說呀。」小鳳苦笑。

知衣也只能回一聲「嗯」。

兩個人隔著餐桌上的空杯子對看。

「我有三件事情交代你。」小鳳先開口了，折著手指數數：「不要簽新的小說連載合約。不要再接臨時救火的雜誌稿件。要好好吃飯，不可以只吃白吐司。能答應我嗎？」

知衣點點頭說可以。明明內心充滿疑問，但是難以言喻的鬱悶感盤桓肺腑，她腦子裡沒有半句話順利成形。

「知衣。」

「嗯。」

「你不問為什麼？」

「你可以說。」

「我怕我會對你出手。」

「那是要揍我的意思嗎？」

「天呀，我是真的很想揍你沒錯。」

小鳳笑起來，終究沒有揍她。

從那之後，知衣開始重拾一個人生活這件事。

睡覺，吃飯，上課，寫作。沒有很困難。只是不下雨的日子敞開房間拉門，偶爾讓目光越過庭院看一看對面餐廳裡小鳳一個人吃飯。夜晚時分，有時停下工作聽一聽小鳳寫論文的打字聲。

連載小說交出最後一個章節，已經進入六月。

梅雨還在下。知衣聽了很久的雨聲，試圖累積動力出門覓食。這一小段日子，她吃的是書桌前能輕鬆下肚的外送速食，喝的是熱水沖開就能入口的三合一即溶咖啡。唯獨連載四個月的小說完稿，是應該吃點像樣的食物。

傍晚雨勢停歇，知衣內心默數一二三，數了五六遍終於站起來。

踩著一地雨水出門，沿著四維街走到鄰近的那座傳統市場。市場是早市，連帶周邊店家也早早打烊。零星幾家還亮燈營業的店家招牌一塊一塊看過去，排骨酥麵，芋頭米粉，蚵仔粥，沙茶魷魚羹，知衣最後在便利商店買了外帶的咖啡和便當。

宿舍餐廳有交談聲，進去一看是家家和乃云。

餐桌中央一大盤清燙的各色菜蔬，兩個人面前一人一碗熱湯麵。

「知衣姐好久不見欸，都想說要去你房門口跳舞了！」家家大聲說。

「那是天岩戶的故事嗎？」乃云細聲細氣的。

天岩戶的故事，傳說中的日本神話。天照大神躲入天岩戶山洞，世間因此失去日頭照耀，眾神不得不使出渾身解術誘使天照大神離開藏身之處，某位女神為此赤裸身體跳豔舞。

「我並不想看你的裸體。」知衣說。

家家哈哈大笑。

反倒是乃云臉紅。

知衣取了餐具入座，微波便當裡隨便挾一塊東西塞進嘴裡咀嚼。
「知衣姐我可以問你問題嗎？」
「可以。」
「你們是吵架了嗎？」
知衣停下筷子，抬頭看見家家和乃云同樣注視著她。
家家沒有明確說出人名，不過不必說也人人知道。
「看起來是吵架嗎？」
「也很像冷戰啦。」
「但是冷戰，也算是吵架，的一種形式吧。」
「我也不知道，不過既然看起來是這樣，應該就是這樣了。」
「蛤，還有這樣的？」家家聲音提高了幾分。
「那，可以問，為什麼……嗎？」乃云好小聲地問。
知衣搖頭。
乃云更小聲地說「對不起」。
「可以問。」知衣說：「小鳳說要暫時保持距離，只是我不知道為什麼會變成這樣。」
家家和乃云面面相覷。

最後兩個人一起把大盤子推向知衣。
「知衣學姐，不介意的話，請吃一點這個。」
「涼筍正當季，茄子和秋葵也是，沾美乃滋超級無敵好吃。」
知衣傻眼，「這是幹嘛？」
家家吸鼻子，「嗚嗚，你被分手了。」
乃云趕緊拉家家的袖子說「噓噓噓」。
「我們沒有在交往。我以前跟家家說過的，小鳳不是我的女朋友。」
「以前是以前啊！」家家。
「居然不是嗎！」乃云。
左右雙聲道讓知衣頭痛，乾脆下指令：「安靜，吃飯。」
兩個學妹異口同聲說「喔」。家家挾兩塊竹筍到她便當盒裡，乃云挾的是一筷子龍鬚菜。知衣無言以對，默默地全吃了。
沉默的晚飯結束之際，家家忽然開口。
「可是小鳳姐還是很喜歡你欸。」
乃云接著說：「我也，這麼覺得。」
知衣想要冷靜地回應說「小鳳喜歡我跟想保持距離這兩件事情沒有衝突」，不知道為什麼卻是鬆一口氣的脫力感湧現出來。

「這樣啊。」知衣最後只剩這句話。

這樣啊。知衣也不知道這樣是怎樣。她不擅長表達自己，也沒時間釐清自己。

她從小沉迷數獨與字謎遊戲，再大一點是填字與對聯。文字跟數字一樣有規律法則，一張紙片就是完整的遊戲世界。比起行動毫無規則可循的人類同儕，她在其中獲得的心智樂趣更顯篤實。獲允完全自由使用網路的國中時代，知衣第一個接觸到的類型小說是BL作品。BL描寫男性與男性之間的戀情，慣例是兩個主角旗鼓相當，面對世界真愛無敵。具備烏托邦色彩的BL小說展開一個理想美好的文字人間。她對真實人類無感，反而掉坑虛構烏托邦。依循推薦讀了四、五部百萬字的大長篇，她看出BL小說之間存在一種雷同的故事邏輯，感到這是擴張版本的填字遊戲，由此轉向沉迷於構成故事這回事。

高中開始投稿線上文學平臺，知衣在十七歲開啟第一個連載作品，一頭栽進孤軍奮戰的寫作世界，往後便只看著眼前四十公分的那方天地。爸媽都是高學歷的公務員，本來樂見她圓夢，接著卻狀似一年比一年憂心。

大學四年級的中秋連假知衣返家，每天寫八個鐘頭的小說。某個晚上餐桌前，爸說：「不要整天只顧著那臺電腦。你都不交朋友，不懂人情世故，將來怎麼立足社會？」媽媽說：「聽說小說家很容易自閉，最後就自殺了。你是不是發展一點別的興趣，多跟其他人往來？」她正想說寫小說跟自殺行動毫無正相關，妹妹已經搶答：「姊有什麼好怕的，當作家又不必懂人情世故。」爸媽說：「你又知道她能當一輩子的作家？」妹妹跳腳：「她讀第一女中，讀頂尖大學，她想當的話還能當學者咧！」

知衣認為妹妹切中要點，於是開給自己新功課，修課讀書，寫作連載，額外拾起不擅長的學科備考研究所。第一個碩士班筆試在隔年的年初二月，相距決意報考不到四個月。那個寒假她閉關獨居的小公寓，整整二十天仰賴APP外送速食果腹，連日講不到一句話，再開口喉嚨都嘶啞。

大學畢業前夕，揭榜錄取兩間研究所。大學母校在臺南，高中母校在臺北，研究所的獨招考試她只報臺中跟花蓮，最後選定搬遷相對輕鬆的西部城市。消息傳回宜蘭，家人開車南下齊聚飯店吃了一頓晚飯。為表說到做到的執行力，知衣提起那個喑啞的寒假，爸媽非但沒有展露讚許之情，媽媽更是語帶責難：「怎麼都不懂得照顧自己！你到臺中以後，至少去找個有室友的地方住好嗎？」那當下知衣心底百轉千迴，終究也沒弄懂自己什麼感受，最後只說一句：「這樣啊。」

那就住進了四維街一號。

碩士班的生活，左手寫論文，右手寫小說。預期繼續讀博士，知衣沒有放掉學術寫作，碩二讀到下學期，單篇論文錄取過一個大學期刊，另及一個全國性研討會與一個國際研討會。學術研究的主題同樣環繞ＢＬ，碩士論文題目定下來是「愛情烏托邦裡的性別權力展演：中臺ＢＬ小說比較研究」。

知衣有時也疲憊，又自覺騎虎難下。她平素寡慾，既不戀物也無戀人，卻有一頭名為事業心的老虎架著她跑。對於自我實現的理想追求，對於專業技術的精益求精，對於必要知識的求知慾，年少開啟的寫作事業就是人生所有慾望的集合體，讓她下不了這頭老虎。

連載小說完結，新的連載不開。碩士論文架構趨近成形，還有充分的時間寫碩士班修課階段最後的三篇論文。偏巧這時編輯打來電話，說起暑假漫畫博覽會檔期的一本書因為知名作家開天窗延書，問她要不要提早潤稿修訂那部連載完畢的小說直接頂上？知衣把小鳳的三個要求重新想一遍，電話裡同意了。

工作分量驟升，知衣回到必須全心埋首一張桌子的時光。如此一來潛航心流總算順利，連端午假期過去了都渾然未覺，唯一缺點是潤稿完畢只剩十天可以寫論文。

那十天知衣進入更為極限的寫作狀態，簡直喪失時間感。她必須按著鬧鐘起來吃飯，否則不知道外送餐點會在大門口放到何時。屁股一坐四個鐘頭，她有時起身方覺腿腳麻痺，也有幾度眼前驟然黑暗，幸好大學時代摔過一回學到教訓，如今每次都能及時扶住桌子沒有跌倒。

前兩篇論文寫了八天，最後一篇是兩天只合眼兩個鐘頭的成果，好歹趕上學期最後一天中午十二點的期末報告繳交截止時間。腦子像是扔進磨豆機裡打過一遍，知衣再三確認線上完成交稿，回頭連床鋪上的書都沒空掃到地面就倒進去。

一覺到天黑。

知衣是餓醒過來的。

看時間已經夜晚十點半，外送的午餐不知去向。

推開房門，庭院對面的餐廳亮著燈，乾燥的空氣裡有食物的香味。

知衣走進餐廳，小鳳早在裡面，正脫下她習慣穿的那件圍裙。四維街一號的地板走動有聲，日久都能分辨是誰的腳步聲，小鳳卻沒有回頭。

知衣在餐桌中央看見午餐的外送紙袋，靜默地伸手去拿。

「你答應過我會好好吃飯。」小鳳說。

好像一百年沒聽見過小鳳的聲音了。知衣心口又彷彿有人按下一塊凹痕。

停了半拍，知衣說：「我有吃飯，只是今天睡過頭了。」

小鳳似乎忍耐著什麼情緒說：「你吃了幾天的麥當勞？」

知衣想不起來。

「但我沒吃白吐司，吃的是漢堡和雞塊。」

小鳳終於轉過來看她。

那是什麼表情？知衣依然找不到精確的形容詞，小鳳那副複雜難言的神情卻讓知衣震顫，有如電流馳竄心頭那樣疼痛發麻。

當前該怎麼做才好？知衣對此毫無頭緒，不禁對這樣的自己感到焦躁憤怒。

小鳳抿直著嘴唇，半晌嘆口氣，穿過知衣身邊出去了。

知衣竟然喉嚨哽塞。

但是小鳳的腳步聲停在餐廳門外。

「爐子上的雞湯，放涼一點再喝。你要是敢吃那一袋放了十個小時的麥當勞，我保證趁你睡覺去暴揍你。」

⁂

認識之初，知衣覺得小鳳是個宛如公主一樣的人。

住進四維街一號不久，一〇二室傳來搬家聲響的那天，知衣打開房門走出去。外頭的夏季日光熾烈，眼睛花了一點時間適應，聚焦後看清楚的是一位陌生的漂亮女人。光照之下她閃閃發亮。知衣說不清那是妝容、穿著、姿態，還是其他什麼緣故，總歸一句，那人站在那裡就好看。

後來是一個寫稿的夜晚，窗外的男女爭執聲響中斷知衣潛航。女人表達拒絕說：「不要這樣。」聲音清明，毫無恐懼，透露內裡不容侵犯的自持矜貴。知衣打開窗戶介入紛爭，視線對上了才發現說話的女人是她的新室友。

那是一位孤高驕傲的公主。

但知衣日後覺得這個第一印象需要修正。

小鳳的人際距離比一般人更短，也有更多的肌膚接觸。這讓知衣困惑，但困惑無解，因為她沒有太多可以用以比較的社交樣本。

知衣並不排斥社交，求學歷程一向也有朋友，只是通常沒有長久的緣分。此生唯一的交往對象，是主動來告白的大學學弟。那是在南部難得下雨的一個冬夜，學弟把羽絨外套蓋在她頭上遮雨，她想學弟或許是個好人，結果交往不到兩個月就分了。學弟提分手時哭著問她到底是亞斯伯格還是無性戀，她說她真不知道也沒研究過，學弟停下眼淚說：「所以你只是不愛我。」大學畢業典禮那天，學弟特地來獻花，語重心長地說未來或許不會再見面了，給個交友方面的良心建議：「別人對你友好，你要有相應的行動作為反饋，一個關係才能長久。」

知衣從善如流。小鳳對她怎麼做，她如數奉還。然而知衣並非從來不曾對小鳳的舉止興起疑問。小鳳提議往後為她煮飯的夜晚，她問小鳳為什麼對她這麼好。小鳳說：「因為我喜歡你呀。」那副模樣怡然坦率，充滿說服力，她同意地說：「我也喜歡你。」

四維街一號只有她們兩人做室友的時期，知衣沒有比較對象，過了順理成章的一年。但是家家和乃云先後住進來，她後知後覺地觀察到小鳳跟家家、乃云的人際距離總是在一臂之外。

知衣迷惑了。

而這個迷惑後來就沒有歇止。

上一個冬天，知衣將學弟的外套轉贈給家家，那天家家問她：「男友是前任，那小鳳姐是現任嗎？」當下她也迷惑，不知道為什麼後來上網查了小鳳長期往來的兩個約會對象。

小鳳的約會對象大白天現身宿舍前面，三個人站成一個直角三角形，知衣迷惑更甚，想不透心底為何生出異樣感。那天小鳳進她一〇一室打電動，半途停下來紅著眼圈氣苦的模樣，意外地一直懸在她的心頭。當夜她擱置收拾好的床鋪，到一〇二跟小鳳分了半張床。小鳳睡眼惺忪，卻摩挲她的頭髮輕聲笑說：「又把頭髮捲成這樣，今天這個章節很難寫喔。」知衣無法解釋，為什麼那當下她心頭竄過電流似地又燙又麻又癢又痛。

知衣迷惑的對象是她自己。那一夜以後她就無法自止地在意起小鳳的約會動向，這不對勁，但是她不明白為什麼。

❇

爐子上的那鍋老菜脯雞湯很好喝。

年分稍淺的蘿蔔乾和色近烏黑的老蘿蔔乾做底，連同薑母片燉了半隻雞。米酒燒去酒精餘留清香，蛤蜊粒粒飽滿。阿婆把陳年的老蘿蔔乾當人蔘，不分季節地煮成養生湯，知衣曾經跟小鳳說過這是她阿婆的拿手菜。風味小有差異，喝進肚子裡的熨貼卻別無二致。

明明說好連載結束要好好慶祝的。知衣前幾天心裡不免這樣嘀咕，但是在這一鍋雞湯前面，委屈感退下去，另一種別的什麼湧上來。一時半刻找不到形容詞。大約是，要是小鳳也在就好了。

前一次的連載完結是在半年以前。正好是新曆年與舊曆年之交，小鳳預定了一間燒肉店作為慶祝。知衣對日本和牛並無偏好，但那間燒肉店的幾種甜點都很好吃。她們在飯後沿著蔴園頭溪散步回家，並肩走了兩個鐘頭，從夜晚走進子夜，滿月高懸夜空，整個晚間猶如一場小小的儀式，像是兩個人攜手一起為她的工作畫下句點。實際上小鳳並不需要為她做這些事情。

知衣竭力分辨內心那團輪廓模糊的情感，在一個人吃喝的雞湯裡捕捉可能的詞彙。是孤獨嗎？她調度腦海裡的同義詞，孤單，孤寂，寂寥，寥落，冷落，清冷，伶仃，孑立，孑然一身，形單影隻，形影相弔，千山鳥飛絕，萬徑人蹤滅……喝完了雞湯洗碗，看著單獨的碗擱在瀝水槽上，知衣發現心底的那團東西或許叫作寂寞感。

吃得飽卻睡不著，畢竟早前睡了大半天。知衣在床上翻來覆去，被書本磕碰得難受，半夜滾下床以後果決出門散步。外頭已經不下雨好幾天，遠近偶有夜鷺的鳴叫聲，無車的巷弄裡月橘與茉莉幽香浮動。到處運轉的冷氣馬達揭示已入初夏時節，梅雨季早就結束了，知衣繭居在家所以毫無所覺。

不，並不是繭居的問題。小鳳飲食精緻，只用著時的食材與對症的藥膳，連帶她光是吃飯喝茶就知道天冷天熱。如果沒有小鳳的話，知衣自己問自己，那我住進四維街一號以後的這兩年，會過什麼樣的日子？

寂寞徹骨。

走到天色泛白的凌晨四點鐘，知衣才有能夠入睡的疲憊感。

回到房間迷迷糊糊睡過去，再醒來是有人敲門。

家家在外面喊「知衣姐」。

知衣有氣無力地回說「門沒鎖」。

家家開門探了半個身子進來，「報告三件事。第一，我奉命來提醒你不能叫外送，要記得去餐廳吃午飯。第二，你大概不知道房東出門旅行了。最後，我和乃云等等要出門去高美溼地看潮間帶。」

「這三件事有關聯嗎？」

「當然有。雖然昨天你們沒吵架，不過難保今天也不吵。乃云擔心說你們會不會是顧慮我們的觀感，我想說那我們給你們多一點空間好了。真是求求老天保佑你們趕快講開，不然四維街一號都要四分五裂啦。」

家家說完了逕自退出去，隔著門說：「記得出來吃飯！」

四維街一號比起其他學生宿舍和分租公寓，最大優點是室友之間相處融洽，一體兩面卻也是缺點，人在做，人人在看。

知衣本來不在乎別人怎麼看，住進來的每一天都從容自在，沒感覺需要配合別人，但做人做到連學妹們都擔憂，知衣對自己也是無話可說。其實她何嘗不想跟小鳳講開，問題是深夜獨自步行了幾公里，始終沒想出能夠主動對小鳳開口的第一句話。

現實啊，太難了，寫過八本ＢＬ小說也派不上半點用場。

知衣欲振乏力。

沒戴眼鏡，視線模糊地看向桌上時鐘的指針，將近十二點半。秒針緩緩地轉過去一圈。知衣想，也許再兩圈能站得起來吧。

兩圈過去了。好吧，再兩圈。而後，又轉過兩圈。

外頭走廊有熟悉的腳步聲從遠至近地響過來。

知衣以為腳步聲會一路過去一〇二，沒料到隨後聽見自己房間的兩道門依次被打開。再關上。

小鳳站在那裡。

近視眼看不清楚小鳳臉色，知衣一時動彈不得。

儘管想說點什麼，知衣的腦子裡卻一個字都沒有，奇怪的是小鳳也並不吭聲。沒有人先說話，情勢就有點對峙的意味。

視線所及一片縹緲的世界裡，唯有呼吸聲清晰可辨。

然後是鎖片喀鏘一聲。

嗯？

「我真的要對你出手了。」小鳳說。

知衣狼狽地坐起來。

「我昨天沒吃麥當勞，你沒道理揍我。」

小鳳過來將她按進床裡。

「我要徵求你的積極同意。」

「什麼意思？」

「就是我幹你大聖王的現在要跟你上床，你同意嗎？」

知衣張口結舌：「我，我沒有心理準備。」

「那接吻可以嗎？」

「目前的感覺偏向是可以，但你確定這是接吻的好時機嗎？主要是我還沒刷牙。而且我家是客家人，不拜開漳大聖王。」

「你給我閉嘴！」

知衣照辦。

小鳳隨即親下來。

好軟。

好香。

腦子一團漿糊。

「嘴巴張開。」小鳳在她的唇齒間說。

你才剛叫我閉嘴。知衣第一個字還沒完整發音，就在交換鼻息的深吻裡失語。

她們陷進床鋪裡面，好幾本書被一一推擠出去。

知衣不由得環抱小鳳，小鳳卻在那個瞬間停住所有動作。

要到這個空隙時刻，知衣才發覺氣促難耐，渾身上下從腦門到腳趾全是燙的。而小鳳深嘆似的呼吸聲清晰貫耳，令知衣心肺都要裂開。

「所以你到底懂了沒有？」

「懂什麼？」

「你這個人是豬嗎！」

「我拒絕這個指控，這是人身攻擊。」

「郭知衣。」小鳳起身捏住她的臉說：「我喜歡你。」

知衣第一次以這個角度看見居高臨下的小鳳。小鳳臉頰酡紅，眼神卻傲岸。這是前所未見的盧小鳳。跨坐在身上的女人太過陌生，知衣竟然也像生平頭一遭聽見這句話，一時暈頭轉向滿眼金星。

那片星光裡小鳳說：「你不要我去找其他人，是因為你也喜歡我。」

——原來如此，這就是真正的答案。

天地顛倒，宇宙反轉，洪荒清明，所有的迷惑悉數解開。知衣總算完全懂了，即使她們早就有過雷同的對話。「因為我喜歡你呀。」小鳳這麼說，她也就回答：「我也喜歡你。」但根本不是那樣。

「不是那樣」，意味著哪樣？

知衣喃喃說對啊，「原來我是這種方向的喜歡你。」

小鳳一下子紅了眼圈，又像放鬆又像腿軟似地在床邊坐下來。

知衣傾身伸出手去，一點一點擦乾小鳳臉頰上的眼淚。

房裡的呼吸聲逐漸平穩下來。

「那怎麼辦？」

「什麼怎麼辦？」

「我不知道。在ＢＬ小說的世界裡，告白的橋段過後就是上床了，但是現實世界並不是這樣運作的。」

「拜託，你根本還沒跟我告白。」

「我喜歡你。」

「這未免也太隨便了一點。」

「對不起。」知衣有點懊喪，「我不知道我是這種方向的喜歡你。你說過不要戀愛對象，也不能接受約會對象暈船，那就只剩下我單戀你的這條路了。」

小鳳說「為什麼是這個結論呀」，靜了靜，慢慢地嘆一口氣。

「要論單戀的話，是我比較久好嗎？」

知衣問號。

小鳳卻只是凝視著她，臉頰猶帶淚痕。

「是這樣嗎。」知衣自覺頭臉滾燙起來，「是我理解的那個意思嗎？」

「就是那個意思。」

知衣喔一聲，「那怎麼辦？」

「又什麼怎麼辦？」

「就是，在BL的世界裡，告白的橋段過後……」知衣自己打住關鍵字，「太簡單粗暴了，果然小說是不寫實的。」

「為什麼非得參照BL？如果是BL的世界，四維街一號全員都會是同性戀。」

「說的也是。那至少也得把家家和乃云的主體性還給她們。」

或許是話題歪樓的緣故，小鳳皺著眉頭卻笑了起來。

實在太久沒有看見小鳳的笑臉了，知衣小聲地說「小鳳」，小鳳說「嗯」。

「沒有你一起生活的日子，我很寂寞。」

＊

我也很寂寞呀，坦白說到後來都有點火大了。小鳳說。
那可以更早一點讓我明白吧。知衣說。
你說得很輕鬆，但我可是忍耐了又忍耐，忍耐了再忍耐喔。小鳳說。
不忍耐的話會怎麼樣嗎？知衣問。
你不會想知道的。小鳳說。
這樣啊。知衣說。
小鳳說我也想過不管你一開始到底懂不懂，反正未來總會懂的，但是……
知衣說但是？
但是我的自尊不允許。小鳳說。
那後來怎麼還是……知衣疑問。
因為後來我想通了。小鳳說。
「協助你理解你的感受和保持我的自尊，這兩件事情沒有衝突。」

這就是結論。

知衣感覺得到自己上揚的嘴角。

離開一〇一室，餐廳裡有早就布置妥當的午餐。

一盤沙拉，三種涼拌小菜，一鍋鹹粥。

看時間，剛過下午一點半，實際沒有誤餐太久。

小鳳取出冰箱裡的冷飲一人倒了一杯。

知衣盛起鹹粥，飯碗觸手溫熱不燙，正好是熱天裡適口的溫度。

「你煮兩人份？」知衣發現重點。

小鳳微微一笑，「今天早上起床的時候，我是想對你文明一點的。」

「聽不懂。比如說？」

「比如說共用午餐的時候，正式請你考慮跟我交往呀。不過家家去叫你吃飯，你過了十分鐘都沒來，我突然覺得人類應該不是只靠理性在行動的吧。」

知衣腦門都熱起來，「這樣你不能說是想通，而是理智斷線才對。」

「之前耐性等你幾十天，我也不明白為什麼中午等不了十分鐘。」小鳳發出感嘆：「但是那瞬間簡直就像打通任督二脈，看見了新世界呢。」

「還請大俠手下留情。」知衣配合作揖。

餐桌前兩個人並肩坐下來。

小鳳慣例從菜蔬吃起。

知衣挾鹹的醃菜入口。

好像又是往昔的尋常模樣了。

「鹹粥放了香蔥油？你又不愛吃紅蔥頭。」

「很久沒煮飯給你吃，所以做點你喜歡的。」

「昨天的雞湯，我也喜歡。」知衣想了想說：「下次換我煮飯給你吃。」

「我第一次聽說你會煮飯。」

「我大學住的地方也有廚房。」

「那你煮什麼？」

知衣說「好問題」，兩口鹹粥嚥下肚子了還沒想出來。

小鳳失笑，放下筷子伸手去揉知衣的腦袋。

知衣照例給予反饋。

小鳳拉了她的手握在手掌心裡。

「還是兩個人一起吃飯比較有意思。」

知衣點頭表示同意，「是說現在這樣，好像跟以前也沒什麼分別。」

小鳳拉長聲音說嗯，「那你要不要去我房間看貓咪？」
「你房間哪來的貓咪？」
知衣這麼一說，小鳳竟然忍笑忍得眼角泛淚。
「真是難以置信，你到底為什麼能寫ＢＬ小說？」
「類型小說有敘事公式，掌握訣竅當然就能寫。這跟貓咪有什麼關係？」
小鳳湊到知衣耳邊說「那句話算是性邀約」。
知衣困窘，張著嘴半天才說「喔」。
「我懂得不多，需要你教我。」
「不著急，我們慢慢來。吃完飯去看電影怎麼樣？」
「好。」
「三個月應該足夠心理準備了吧。」
「我不知道。不然來做進度規畫表？」
「那你上床要不要開番茄鐘？」
「原來二十五分鐘做得完？」
「郭知衣。」
「對不起我開玩笑的。」

小鳳氣呼呼地伸手敲她肩膀一下，隨後卻又笑起來。尋常的小鳳的笑臉。

世間怎麼有這樣好看的笑臉啊。知衣打從心底湧現此生無可比擬的慶幸感。何其幸運，她住進了四維街一號。

＊

但是那個下午知衣和小鳳沒去成電影院。

整個梅雨季沒能說的話，一頓午飯說不完。

沖一壺咖啡，切兩種水果，接續著一頓下午茶。

晚餐時分，走路去三民路巷子裡的老咖啡廳。

晚飯後沿著柳川散步，悠哉繞路回到四維街一號。

位在玄關就能聽見餐廳那頭的交談聲，暈黃的玄關燈下知衣恍然領會這棟屋子的核心，正是那個十二坪大小的餐廳，以及裡頭那張八人座的大餐桌。鎮日寫稿而守在書桌前吃飯的日子，她猶如回到大學時代獨居的小公寓，仍然連日講不到一句話，無怪家家、乃云當初會說她閉關天岩戶。

腳步聲比肉身更早進入餐廳，等知衣與小鳳走到門口，家家和乃云不知為何已經站立著齊齊望向她們。

兩張臉大概是同一種名為「察言觀色」的表情。

小鳳先笑了，「這麼隆重歡迎我們呀，等很久了嗎？」

知衣想了想說：「我們沒事了。」

家家和乃云同時鬆口氣。

「真的很令人在意欸！」家家說：「但是沒事了就好了！」

乃云七手八腳地把餐桌上兩個提袋裡的東西拿出來。

長崎蛋糕跟檸檬餅。提袋上字樣顯示來自市區的兩間老店。

「我們買了伴手禮。」乃云說。

「你們跑到清水去買臺中舊城區的伴手禮？」知衣不解。

「因為高美溼地那裡賣的檸檬餅很有名不是嗎？檸檬餅總店離宿舍近，所以是回到臺中才買的。買了以後又想說，不知道你們心情怎麼樣，比起檸檬餅還是買個甜一點的點心比較保險，再去買了長崎蛋糕。店家說我們運氣很好喔，買到最後一條。我們想這應該是一個不錯的預兆吧，果然如此，真是阿彌陀佛哈利路亞！」家家一口氣說完。

話多且長，但關懷真摯。知衣與小鳳對視而笑，認真地道了謝。

而後便分頭取餐具，蛋糕裝盤，沖泡熱茶。

安頓好餐桌，四個人各自坐下來。

才坐定，家家大動作地環顧眾人一圈。

「好像爸媽破鏡重圓喔，我快哭了。」

乃云重重點頭，「深表同意。」

「我再怎麼說也不會是爸爸。」知衣不予苟同。

「是呀，我們之間真要有一個爸爸，應該也是我先當。」小鳳面帶微笑。

知衣大窘，「你在小孩子面前說什麼啊。」

「入戲太快了！」家家即刻吐槽。

乃云在旁傻笑。

知衣揉一揉發熱的臉頰，感覺到心底一片釋然。

「之前清明節沒找到那本《臺灣料理之栞》，不如還是找出來吧。」

「知衣姐有時候也是很唐突欸。」

「那時候說要一起給小鳳做頓晚餐，但是到最後連潤餅也沒有做成。我這段時間關在自己房裡，有幾次想到大家同時上這個餐桌吃飯的日子，總覺得有點懷念那分熱鬧。你們都用過那本書做菜，應該換我試一試。」

「我好像是第一次聽見知衣姐講這麼多表達情感的句子。」家家對乃云說。

「我、我也是。」乃云對家家說。

「但我一直滿想問，為什麼非要用古書做菜呀？」

小鳳這問題一出，就想到參照《臺灣料理之栞》做復刻料理的源頭是乃云。

全員的目光集中在乃云臉上，乃云好像想把頭低下去但是忍住了。

「我覺得，大概是一種儀式感。」乃云說。

家家舉手，「我覺得那種莫名其妙大張旗鼓的感覺很讚！」

「儀式感和大張旗鼓，說起來都是一樣的，是想要表達鄭重對待的心情吧。」知衣看著小鳳說：「我是這樣想的。」

小鳳笑著說「嗯」。

「她們應該知道我們還在這裡吧？」家家。

「兩人世界，算是一種結界。」乃云。

「我聽得見好嗎？」知衣。

「那麼書找出來以後，一起做飯來吃吧。」小鳳。

「好——」家家與乃云。

這樣真好。

知衣心頭輕鬆，不由得嘴角上揚。雖然也說不清楚「這樣」是怎樣。但就覺得，這樣真好。

——不過，這個真好的夜晚，並不是結束在餐桌前面。

是在二樓交誼廳。

《臺灣料理之琹》找到了。壁櫥不知何時清空一個角落，放著古書、鐵皮玩具與舊皮鞋，以及一塊木製的門牌。門牌上的漢字寫著「幸町四丁目一番地」。

2023
7
1
2 3 4 5 6 7 8
9 10 11 12 13 14 15
16 17 18 19 20 21 22
23 24 25 26 27 28 29
30 31

幕後　安修儀

安修儀沒想過自己會成為四維街一號的房東。

小姑媽驟然離世，遺囑將身後所有遺產連同這棟屋子全留給她。那時安家人早已盡數移民美國，安修儀擱下學業獨自從洛杉磯飛回臺灣。走進老屋玄關以後，她舉目所見的是一座空蕩蕩的廢墟。不，根本就是鬼屋。地板蒙塵、水漆斑駁、拉門破損、玻璃窗裂，庭院裡雜草叢生，整座屋宇一片死寂。安修儀當場隔著陰陽對小姑媽連聲罵幹，幹她祖宗十八代好好的不去美國生活，死了還留個這麼大一個爛攤子給人收拾。

那個當下，安修儀可是真的完全沒想到後來十年會這樣發展。她耗盡現金存款，重新整修這座鬼屋，她住下來，而且她當起了房東。

安修儀隔了幾天回到四維街一號，餐廳已經很喧騰。

郭知衣和盧小鳳破冰，連帶徐家樺和蕭乃云都很歡喜。儘管不知道為什麼四個年輕人想出來的慶祝方法是按著古書做料理，但總歸安修儀樂見房客們融洽和睦。

她們做的是「煎春餅」。

一百多年前的古書，橫亙時光與語言，「煎春餅」其實是今天的炸春捲。她們把古書那幾頁拍照傳到通訊軟體裡的宿舍群組，大致說明食譜是豬肉、竹筍、香菇、蝦仁剁碎，醬油與鹽巴調味，以春捲皮裹起來油炸。名稱殊異，烹飪手法倒是百年來沒啥變化。她們的改良版增加了豬皮、荸薺、冬粉、白胡椒和扁魚高湯，聽起來確實是更有層次感了。

安修儀第一時間想，但是大熱天吃炸春捲到底是有什麼毛病？

不幸中的大幸是房客裡有盧小鳳。要是隨處可見的二十幾歲研究生，搞不好會整出一桌炸春捲配白飯，附帶披薩、薯條、鹽酥雞的學生晚餐。唯獨有盧小鳳進駐的四維街一號，不可能發生這種悲劇。

進餐廳一看，果然餐桌上方菜盤豐盛。

豆干絲、蛋皮絲、四季豆絲、清燙高麗菜絲與豆芽菜、香菇炒肉絲、川燙蝦仁、切片烏魚子、切片紅糟肉，辛香料是香菜與蒜苗，另有酸菜、菜脯、油麵與花生糖粉，再一大盤的潤餅皮。

豐盛歸豐盛，安修儀卻覺得自己頭頂上浮現無限問號。

「為什麼會在七月天吃潤餅啊？」

「說來話長啦！」徐家樺。

「本來是清明連假想做的，現在算是補上。」郭知衣。

「夏天沒有皇帝豆，豌豆也不當季，只好用四季豆代替了。可以理解為什麼以前的人要在春天吃潤餅呢。」盧小鳳。

「但是天氣熱，冷的潤餅捲，也很剛好。」蕭乃云。

炸春捲配潤餅捲，安修儀也是服了。

春捲的內餡前一天就要做好冰鎮，方便豬肉膠質凝結，隔天要現捲現炸。她們是等安修儀進門了才起兩個油鍋，一個低溫炸，另一個高溫炸，預計炸完一整盤十條春捲才要正式開桌。至於潤餅的菜盤，看就知道備料要耗去半天工夫。

這麼麻煩的兩種料理，單獨一個盧小鳳也搞不定，這一桌子是四個房客齊心協力的成果。安修儀沒想過今晚的餐桌這麼厚工，只提來了兩手罐裝可樂。

分工合作，有人擺餐具，有人站廚房，有人聯手把冰箱裡的冷泡茶飲一一拿出來盛杯。

安修儀給每個人座位前面分了一罐可樂就無事可做，乾脆坐下來。「洽」一聲押開易開罐，悠悠喝一大口充滿氣泡的黑色糖水。

「房東今天不喝酒？」盧小鳳眼尖，不愧是廚房的主宰者。

「我的酒已經全部喝完了。」

「你能買可樂，不能買酒？」郭知衣講話依舊欠揍。

「你是要我稱讚你邏輯很棒棒嗎？」

「房東今天很嗆喔！」徐家樺還是笑嘻嘻的。

不用說，蕭乃云也照樣在旁負責傻笑。

傻笑的蕭乃云這次卻說話了：「房東好像，很開心的樣子。」

「哎喲，乃云也是改頭換面了啊。」

餐桌前面一一落座，人都到齊了。

「真相只有一個，犯人就在我們之中。」徐家樺說。

「你《名偵探柯南》看太多了。」郭知衣說。

「我們扼要地問，這陣子陸續找到的古物，果然是房東特地安置的嗎？」盧小鳳說。

「房東你、你怎麼說？」蕭乃云說。

「我小時候看的是《金田一少年之事件簿》。」安修儀充分配合。

房客們不約而同發出噓聲。

「誰問你那個了。」

「而且三十七歲的金田一有什麼好看！」

「家家有看金田一呀？」

「我，我也看過，我媽媽買了一套。」

餐桌上人聲鼎沸。

唯一的秩序，是抬槓之際每個人手上不忘陸續捲起的潤餅。

「放油麵真的很有飽足感欸，讚！」

「雖然沒有豌豆，但是四季豆也比我預期的好呢。」
「我最喜歡的，應該是花生糖粉……」
「吃鹹食有甜味我不行，放酸菜就很好。」
「誰會在潤餅裡面放酸菜啊，一定是小鳳又慣著你。」
「各位各位，我們話題要不要拉回來啦？」
「感覺很需要風紀股長，不然你們推舉一個人出來。」
「要風紀股長幹嘛？我們需要的是一個偵探！」徐家樺。
「哎呀，幸好日常推理這種類型的故事開展不會死人。」盧小鳳。
「但我們，應該不需要推理？」蕭乃云。
「只有房東可能將特定的古物放在特定的地方，這件事情是確定的。找到犯人並不是這個推理的重點，找到犯人的動機才是。」郭知衣。
安修儀忍不住斜起嘴角笑了，「那麼，你們當中誰是偵探？」
四個房客你看我我看你，最後視線一起集中到安修儀的臉上。
「犯人跟偵探都是我一個人，這不太對吧？」
「因為我們之中沒有人擅長推理。」郭知衣實事求是。
「我只是想講那句話，犯人就在我們之中！」徐家樺哈哈一笑。

「畢竟放在現實世界裡，直接進入主題比較有效率吧。」盧小鳳笑臉盈盈。

「所以還是，請房東開始解謎吧。」蕭乃云順水推舟。

「欸不是，這樣你們要的不是偵探推理，只是犯人自白啊。」

四個人七嘴八舌地說「對呀」、「沒差」、「都可以啦」。

安修儀說好吧，手邊「洽」地押開了第二罐可樂。

餐桌安靜下來。

「第一個被發現的東西是《臺灣料理之栞》。你們當時對這個東西有什麼想法？」安修儀伸手表示按捺，並沒有要大家立刻回答。她接著說：「第二個是馬口鐵玩具，第三個是小皮鞋，第四個是門牌。順序是隨機的，沒有特殊意義。從第一個古物被發現到最後一個，大約經過十個月，這段時間你們又有什麼想法？知道這些事情，就是我的動機。」

「蛤？」徐家樺張大嘴巴。

蕭乃云連「蛤」都沒有就張著嘴巴。

「這是愉快犯的意思嗎？」盧小鳳說：「如果引起騷動就是房東你的動機，這樣大家住在這裡挺堪憂的呀。」

安修儀被可樂嗆到，「這解讀方向是怎麼回事！」

「我不認為房東是愉快犯。這段期間我們並沒有什麼過度反應，頂多是困惑而已，可見引發騷動不是房東的動機。同樣的，我認為房東想看我們的反應只是表面原因，並不是真正的關鍵。」郭知衣說：「房東為什麼想知道大家的反應？這才是問題的癥結。」

「嘖嘖，寫的是ＢＬ小說，沒想到對推理也是略懂略懂啊。」安修儀表示佩服，而後卻歪著腦袋說：「這件事情說來話可長了。」

「想聽！拜託長話短說！」徐家樺。

「我希望是適合配飯的故事。」盧小鳳。

「我沒有信心。」郭知衣。

「請、請說。」蕭乃云。

「我以爺爺之名發誓——」安修儀。

「誰知道你爺爺是誰啦！」

「這是金田一的名言欸！」

「直接講重點——」

餐桌陷入大混亂。

❇

以臺灣傳統的說法，四維街一號是安家的「起家厝」(khí-ke-tshù)。

安修儀的祖父一九四九年隨軍轉進臺灣，輾轉落腳在這裡娶妻生子。十年後的八二三炮戰有功，升任陸軍少將。再二十年後，以中將職銜官拜國防部參謀本部副參謀長。與此同時的這三十年時光裡，安修儀的祖母在這座宅邸裡生下第二代，而兒子們再生下第三代。

四維街一號孕育了安家上下三代人。不過，安修儀並不出生在這裡。

祖父升官後舉家遷徙到臺北，陽明山一棟大別墅照樣三代同堂，唯有祖母力排眾議獨自留在四維街一號。安修儀出生在臺北，但是學齡之前雙親先分居後離婚，安修儀的父親一介單身漢不知道怎麼照顧小孩，安家別墅的眾人商量以後將她送回臺中。那時安修儀六足歲，「起家厝」是她生命中第一個記憶深刻的詞彙——父親對安修儀說，這樣做並不是爸爸不要她了，而是要把她送到這個家最重要的地方，那是安家的「起家厝」。

安修儀要到成年以後才奇怪，為什麼父親當時會用這個詞彙指稱四維街一號？因為「起家厝」是臺灣本省人的說法。

安家祖籍江浙，安修儀祖父是浙江省寧波人，祖母是寧波籍上海人。安修儀稱呼祖父為阿爺，祖母為阿奶，這是安修儀口語上僅存使用的兩句寧波話。整個安家，也只有阿爺阿奶之間以寧波話交談。成年的安修儀得出結論，會說出「起家厝」的父親，畢竟是外省第二代了。

童年的安修儀則當然沒想過這些身外事。她想的是何時能回媽媽身邊，能回臺北，能繼續養著臺北家裡看門的兩條大狗狗。安修儀每天在棉被裡哭到睡著，再從枕頭裡哭醒過來。

結束她哭哭啼啼童年的，是半年後另外一個小女孩被送進四維街一號。

那個人是安修賢。

安修儀這一輩排「修」字，上面幾個堂哥堂姊是修格、修稷、修方、修雅什麼的，安修賢比安修儀小兩個月，序齒起來是堂妹。

出於幼童直覺，安修儀自己本身就是爸媽離婚才來的，她斷定安修賢家裡肯定也有什麼毛病。首次一同過夜的床鋪上，她問安修賢的爸媽是不是也離婚了？孰料整天悶不吭聲的安修賢陡然翻臉，兩個人當場扭打成一團。

安修儀自認是好意體貼，沒想到熱臉貼冷屁股，從此堂姊妹就不對盤。兩個人從睡醒睜眼那一刻吵到閉眼睡覺，夜晚的被窩裡面都沒空偷哭了。

愈是相處，兩姊妹的性格就愈見分明。

阿奶嗜吃河鮮海鮮，餐桌常上油燜蝦。同樣的一盤蝦，安修儀有時連蝦殼都咀嚼下肚，安修賢卻一定要連蝦尾巴那一小截肉都剝出來才甘心。

本來吃飯習慣不是大事，但阿奶規定所有人要一起上桌、一起下桌。終於有一回安修儀不耐煩，把安修賢那盤蝦抓了幾隻三下五除二剝掉殼，結果安修賢看著斷尾的蝦子，竟然氣呼呼憋得面紅耳赤，兩串淚珠子沒有聲音地直直掉下來。安修儀好心被當驢肝肺，氣得大拍桌子，隨後被阿奶罰站了一刻鐘。

安修儀僵著臉罰站，瞪著玄關的時鐘足足轉滿十五圈，之後進了阿奶的書房才撲在阿奶膝蓋上流淚。

「我幫安修賢剝蝦，為什麼還罰我！阿奶偏心！」

「那是修賢的蝦子，沒有經過她的同意，你不能隨意去動。一樣的道理，修賢幾時動過你的東西了？如果有，阿奶也會罰她。」

「她有啊，她搶走我的阿奶了！」

「阿奶是你的阿奶，也是修賢的阿奶。」

安修儀哭得抽泣起來，「才不是！安修賢是不知道哪裡來的野種！人家都說小叔叔嫖妓，安修賢是妓女生的，誰知道是不是安家的小孩！」

阿奶按住安修儀的肩膀說：「是誰跟你說的這種話？」

其實阿奶語氣平靜，安修儀卻嚇得停住哭聲。

在那之後，四維街一號換了廚師。

原來的廚師是同樣住在四維街一號裡的朱爺爺。朱爺爺當年跟著阿爺打八二三炮戰，伙房兵退伍後住進來領著廚房的工作。阿奶說，朱爺爺年紀大了，這廚師的工作也該榮退了。

新來的廚師是個本省籍的阿婆。

阿婆跟阿奶是完全不同的兩個老太太。阿婆乾瘦，阿奶富泰。阿婆總是急急忙忙的，阿奶悠悠哉哉。阿奶給她和安修賢綁辮子，阿婆給她們綁緊緊的粗馬尾。阿奶點餐喜歡紅燒蹄膀、揚州獅子頭這種醬色濃郁的肉菜，阿婆說小孩子要多吃綠色青菜才不會便祕發燒。阿奶買雞塊可樂給她們當點心，阿婆抱怨這些食物根本不營養。阿奶給她們用筷子沾點茅臺學喝酒，阿婆魂飛魄散說小孩子喝酒會長不高。

安家很早有本省菜上桌，大約是朱爺爺在軍營裡習得的大鍋菜色，常見的番薯糜和炒米粉都是一團糊爛，菜脯蛋一概焦焦碎碎，好吃的只有板豆腐味噌湯。阿奶嫌味道不細緻，憶苦思甜的時刻才見上桌。但阿婆也做同樣菜色，番薯糜粥色乳白而地瓜鬆甜，炒米粉根根分明還肉臊噴香，菜脯蛋烘成一團外酥內軟的蓬鬆蛋塊，連味噌湯都用小魚乾和雞骨架熬出甘美湯底。而阿奶指點阿婆做烤麩、醉雞、油燜筍、湖州豆沙粽，阿婆也能做出八九分肖似的安家滋味。阿奶酒後透了口風，那個阿婆固然囉唆，手藝卻叫人無話可說。

不講廚藝，安修儀也喜歡這個新來的阿婆。

阿婆偶爾會問安修儀想吃什麼，晚餐就出那道菜。後來安修儀發現阿婆偶爾也問安修賢，那天就出安修賢想吃的。阿婆給予平等對待，安修儀就喜歡阿婆。阿婆還心細，有一天說你們姊妹倆真正有意思，安修儀喜歡紅燒魚，安修賢喜歡紅燒蝦。

那又怎麼樣有意思了？

阿婆說：「安修儀臺語名唸起來親像紅燒魚（âng sio hî），安修賢就是紅燒蝦（âng sio hê）。」

安修儀想一想還真的是這樣，如此說來他們安家還有紅燒雞跟紅燒鴨咧。

再下一次阿婆教她和安修賢唱兒歌，直接把這紅燒魚蝦的綽號編進歌裡。

ももたろうさん　ももたろうさん（桃太郎　桃太郎）
おこしにつけた　キビダンゴ（你腰上掛的　吉備糰子）
ひとつわたしに　くださいな（請給我一個吧）

阿婆把五個音節的「キビダンゴ」拉長音改成三個音節的紅燒魚與紅燒蝦，輪著連唱兩段。桃太郎，桃太郎，你腰上掛的紅燒魚，請給我一個吧。桃太郎，桃太郎，你腰上掛的紅燒蝦，請給我一個吧。她和安修賢要爭第一個被唱出來，每要唱到那一段，一定各自大聲唱出紅燒魚和紅燒蝦。

阿奶本來也不會唱這樣的日本兒歌，卻由此學到育兒手段。要是安修儀和安修賢鬧得不愉快，誰也不跟誰講話，阿奶便開始唱歌：「ももたろうさん——ももたろうさん——おこしにつけた——（桃太郎——桃太郎——你腰上掛的——）」唱到這句就停下來，等著安修儀和安修賢爭先恐後唱下一句。

她和安修賢會一起唱完那整段，互相瞪一眼，算是和解了。

可是不對盤就是不對盤。

升上小學高年級，安修賢學業成績名列全校前二十，安修儀則在班級第十名左右徘徊。

六年級第一次月考發回成績單，安修賢盯著成績單默默流淚。兩個人不同班，安修儀從旁邊去看，明明就是全班第二名。

「你哭屁哭啊，我考第十二名欸。」

「安修儀你懂什麼。」

「懂你安修賢是大白癡啊，第二名還要哭，第三名是不是要去自殺？」

「誰是大白癡，出口成髒！你才王八蛋咧！」

「大白癡安修賢，你罵我出口成髒，你還不是罵髒話！」

「王八蛋罵你怎麼是髒話。王八者，忘八也，禮義廉恥孝悌忠信你懂嗎？」

「哇就你什麼都懂？第二名還不夠，你人心不足蛇吞象啦！」

「你，你金玉其外敗絮其內啦！」

「你你你，你很會成語是不是！你薛寶釵啦！」

「薛寶釵怎麼了！你才賈寶玉啦！」

「吵死人了——」樓下餐廳傳來阿奶的聲音。

「兩個女孩子齣——」也傳來阿婆的聲音。

安修賢第一個跳起來衝到走廊。

「男孩子就可以吵嗎？那我們從今天開始當男孩子！」

安修儀緊接著衝出去說：「就是說啊！你們重男輕女啦！」

只有這種時刻，安修儀願意跟牙尖嘴利的安修賢站在同一陣線。

阿奶懶得跟驢子吵架，但阿婆對付她們已經有一套。

「啊你們兩個要不要吃紅豆餅？阿婆這馬拄好想欲去買喔！」

吵贏誠可貴，自尊價更高，若為點心故，兩者皆可拋。

要十二歲的安修儀和安修賢休兵，只需要一人兩塊紅豆餅。

＊

但是，再大一點就不行了。

一九九六年，對安家來說是關鍵的一年。前一年總統李登輝訪問美國，安家內部早開始討論移民的可能性。九六年臺灣海峽飛彈危機，直接加速安家的移民規畫。當李登輝確定成為第一個公民直選的中華民國總統，阿奶五個兒子之中的三家人已經全家飛向美國。安修儀的父親是更晚一點才將公私務打點完畢，盤算在安修儀國中畢業升高中那一年父女同行移民。

十五歲的安修儀問安修賢，那你去不去？

十五歲的安修賢說，為什麼外省人遇到事情就要跑？

「你白癡嗎？這跟外省人有什麼關係？」

「那你看本省人有多少家庭移民？」

「怎麼沒有？之前去溫哥華寄宿的莊叔叔家就是本省人。」

「莊叔叔的父親是『黑名單』，他們家是被逼出去的。」

安修儀被堵得沒話說，甩頭就走，使勁把地板踩得砰砰作響。

阿婆在廚房由下往上喊她們：「啊你們兩個要不要吃小美冰淇淋？」

她和安修賢齊聲說「不要」。

「誰要跟大白癡一起吃啊！」

「誰要跟王八蛋一起吃啊！」

但是安修儀賭一口氣，任由爸爸先飛美國，她留在四維街一號繼續讀高中。

姊妹倆讀同一所高中，從入學開始就冷戰。住在附近眷村又讀同所高中的毛國惠稱得上是青梅竹馬，成為她們居中斡旋的潤滑劑。她們平時只有最低限度的對話，因著毛國惠才能隔山打牛似地吵架交流。

政黨輪替的兩千年，她們十六歲。選舉開票的傍晚，毛國惠來四維街一號一起看電視。中華民國在臺灣，首次由國民黨以外的政黨候選人當選民選總統。衛星SNG車現場直播，每幅景象都喧騰得像是滾沸的油鍋裡面被潑進冷開水。安修儀莫名五味雜陳，心想也是慶幸阿爺早在前一年喜喪過世，不然一輩子打共匪、打臺獨，眼睜睜看著民進黨上臺，說不定會吐血。

電視喇叭放送群眾叫喊，此起彼落的「臺灣獨立萬歲」。

安修儀不由得說那些臺獨分子齁。

毛國惠說畢竟我們是有言論自由的國家呀。

安修賢硬梆梆地說，我支持臺灣獨立。

安修儀整個人嚇傻，總算跳過毛國惠盯住許久沒正眼看過的安修賢。

「安修賢你懂什麼臺灣獨立啊，你幾時變成臺獨分子了？」

「安修儀，你吃臺灣米、喝臺灣水，你也是臺灣人。你是臺灣人，憑什麼不支持臺灣獨立？」

「我是臺灣人也是中國人，你安修賢外省第三代，憑什麼跟別人臺獨？」

安修賢冷笑說：「你真的是一個王八蛋欸。」

安修儀火大，當場撂下狠話：「我這輩子都不要跟你講話了！」

但是高中畢業前夕，十八歲的安修儀還是問，安修賢你到底要不要跟我去美國？十八歲的安修賢用一種安修儀沒有看過的眼神凝望著她。

以前安修賢眼底永遠是一團爆炭，如今卻像沉靜幽暗的深海。

姊妹同住一個屋簷下，安修儀想不透安修賢在什麼時候，又是什麼原因，長出了她不理解的模樣。安修賢這樣看她的眼神，就像個距離相當遙遠的成年人。

「看屁看，你給我講人話。」

「安禮嘉還沒有要移民。」

「你爸是你爸，你是你。他又幾時管過你？」

安修賢沈默片刻。

「對，安禮嘉是安禮嘉，我是我。不管他哪天要移民，我也不會去。」

「幹嘛賭氣啊，你爸的資源你儘管用，這是他欠你的。」

安修賢動了動嘴唇沒講話，最後只是搖搖頭。

「安修賢你閃屁閃，立刻馬上現在給我講人話。」

安修賢看著她，幽深的眼睛透露無奈與憐憫。

「安修儀，我真的好羨慕你的無知。」

「幹——你夠了沒？我耐性是有限度的。」

「我不是賭氣，也不是要氣你，我只是想，我要自己決定我自己是誰。」

安修儀聽懵了，「這話是什麼意思？你留在臺灣，還是去美國，去世界任何地方，你安修賢到哪裡都還是安修賢啊。」

「不是這樣的。有的人可以在移動中維持他的認同，有的人不行。」

「哇哩咧靠，又是什麼『失根的蘭花』那一套嗎？寫這篇爛文章的陳之藩，哭他老杯說什麼國破家亡，他唱完了高調也在美國活得好好的！」

「你錯了，完全相反。陳之藩願意一輩子去當他失根的蘭花，我不願意。我不想被血緣綁架，不想要隨波逐流。我需要自己找到生命的意義，你懂嗎？人往高處爬，可以去美國，可以飛去外太空，但是就算飛去月球、飛去火星，那也未必就能安頓自己的生命。」

「安修賢你發什麼神經，我跟你談的只是過日子的事情。」

「我現在談的，也是過日子的事情。如果我找不到安身立命的理由，我活著幹嘛？」

安修賢的語氣平靜而鎮重，彷彿這真的是她人生中無法跨越的重大課題。

安修儀啞口無言。

她早就知道自己跟安修賢之間有一道無法跨越的什麼，但要到此刻才確信那是比馬里亞納海溝還要巨大、還要深邃的鴻溝。

高中畢業的暑假，安修儀獨自飛美國洛杉磯。

阿奶、阿婆為她餞別，沒有上沁園春吃館子，應安修儀要求做了幾道家宴菜色。烤麩、糖藕、茄子鑲肉、紅燒黃魚、油燜蝦、菜脯蛋，蜜汁火腿三明治和火腿蛋炒飯，湯品是阿婆掌廚後她偏愛的酸菜豬血湯。安修儀親手剝了幾隻蝦，小心翼翼連尾巴那一小截都剝出來了放在安修賢的碗裡。

安修賢竟然微微一笑。

安修儀在心底罵髒話，同住十幾年沒怎麼見她笑過，臨別之際是在笑屁笑。

安修賢顯然沒看出她腹誹，那一頓飯給了她全程的好臉色。

阿奶的牙口已經不好，近幾年只挑著肥嫩精細的東西吃，累歲發福以後連膝蓋都愈見不好了。阿奶走動不便，安修賢一個人送機。機場出關之際，安修賢抱了一下安修儀的肩膀說：「我來照顧阿奶，你在美國要開心過日子。」

「這下讓你獨占阿奶囉。」

「你王八蛋啦，不然你不要走啊。」

安修儀還真是被這話堵住。

安修賢卻笑了，雲淡風輕地說「你去吧」。

上了飛機安修儀還說不出的氣悶糾結，十幾個小時的航程裡一點一點放下來。以前她氣安修賢搶走阿奶，現在是她自己把阿奶拱手讓給了安修賢。四維街一號至少有阿奶跟安修賢彼此作伴，這樣應該不算太壞的安排吧？

但是隔年阿奶就過世了。

時值二〇〇三年春天，SARS疫情正在臺灣燒起來。阿奶將將走在疫情之前，緊接著就是風聲鶴唳的肅殺氛圍。人皆惜命，安家第三代只有安修儀回臺灣奔喪。

阿奶是高血壓性腦溢血走的，一下子人就沒了。享壽七十五歲，不能說是長壽，但一輩子未曾糾纏病榻，也可以說一句功德圓滿。安修儀理智上知道，情感上過不去，眼淚斷斷續續地從美國掉回臺灣。

安家第二代幾個男人女人治喪，連起家厝都不住，說是飯店安靜方便。安修儀下了飛機直奔回家，整座屋子只有安修賢一個人坐在餐廳裡面。安修賢沒哭，連話都很少。安修儀流眼淚的時候，安修賢還跟小孩子那時一樣，只是憋著氣息憋得面紅耳赤。她知道安修賢私下哭得慘，全因為安修賢臉頰皮膚被淚水鹽分浸得泛紅發腫。

頭七，七七，出殯，進塔。

管理臺灣安家產業的小叔叔安禮嘉將所有程序走完，一併連同律師將阿奶遺產大致分配完畢。安家第二代全無異議，簽字完畢紛紛飛走。亞洲疫情正熾烈，安禮嘉也宣告他要離開臺灣旅居美國一段日子。

安修儀問安修賢走不走？

安修賢說安禮嘉唯一沒有處分掉的房產就是四維街一號，阿奶生前在律師見證下簽字的遺囑把這座大房子留給了她。

「你爸就這樣把你丟著？」

「安禮嘉把房子留給我，算是仁至義盡了。」

「仁至義盡個屁啊！你一個人住在這裡——」安修儀一時舌頭打結，明明想講什麼，卻想不出後半句怎麼講才對勁。

反正安修儀就是不爽，氣得七竅生煙，怒火燒心灼肺。

「你不要那副鬼樣子好嗎？我們住進來以前，阿奶也一個人住這裡。」
「見鬼了你，那時住西廂的還有朱爺爺和張司機，鐘點女傭還每天都會上門咧。」
「雖然阿婆已經退休了，不過打掃阿姨還是每天都有上門。」
「那又不一樣，沒有人跟你住啊。」
「要找人住還不簡單，我當房東找租客不就行了？」
「安修賢你大學都還沒念完咧！」
「那我等大學畢業再當房東囉。」
安修儀講不贏，跳腳起來連罵三聲幹幹幹。
「你真的不跟我走？」
「我不是不跟你走，我是真的走不了。」
「安修賢你這次不跟我走，我就是真的，真的，真的這輩子都不要跟你講話了！」
恨恨地撂下狠話，安修儀等了兩天沒等到安修賢主動破冰，就此跟安修賢分道揚鑣。
這次是真的。
臺灣與洛杉磯隔著一萬公里的航行距離，十五個小時的時差，本來用不著冷戰就能講不上一句話，何況走到姊妹決裂的分上。再說要不是四維街一號，安修儀和安修賢即使血脈相連也沒有交集的可能，就跟其他修格、修稷、修方、修雅，紅燒什麼魚蝦蟹雞鴨鵝的都一樣。

再得到安修賢的消息是大學畢業的那一年秋天。

MSN Messenger 上毛國惠敲來訊息跟修儀說：「你知道安修賢卵巢癌第三期嗎？」

安修儀在筆記型電腦小小的螢幕前面傻住。

她大學畢業後直攻一個商業管理博士學位，秋天伊始就忙得暈頭轉向，一天恨不得有三十六小時，島嶼臺灣的生活有如上輩子的往事。安修賢，也像是前世的孽緣。

她回敲 MSN，視窗跳出對話：

紅燒魚說：我現在沒辦法回去，你幫我看看安修賢欠什麼，我把錢匯給你。

AMAO 說：安修賢做化療我想陪病，但她沒答應。

紅燒魚說：我真他媽會氣死，你幫我轉達安修賢叫她馬上給我來美國治療。

AMAO 說：我跟她提過，她說臺灣有健保，醫療品質也沒輸美國。

紅燒魚說：幹他老師安修賢被民進黨洗腦是不是！

AMAO 說：反正我就是跟你說一聲，你有空回來看看她。

紅燒魚說：欸有什麼狀況你隨時跟我講行嗎？我多謝你。

AMAO說：那當然啊。

臺灣時間已近午夜，毛國惠傳來一句「晚安」就離線。

安修儀把頭髮抓了又抓，到底被時間逼著開車出門上課。在車上想，這個學期結束就回臺灣。學期結束的假期，卻全用在疲於奔命的業界實習。毛國惠沒再傳來壞消息，安修儀心想大概治療得還行。生活節奏緊湊，轉眼就又過去一個學期，又一個學期。

博士學程的第二學年下學期，毛國惠透過MSN Messenger敲來說，半年前安修賢在家裡摔倒骨折，才知道是癌細胞發生骨轉移。由於病體不適合繼續獨居四維街一號，安修賢租了一間電梯大樓的小公寓，所有療程從頭再來一遍，最近又控制下來了。

安修儀傳訊息回去：不要事情都塵埃落定了才跟我說好嗎？

毛國惠傳過來：安修賢不想讓你擔心。

安修儀飛快打字：你們不說實話，我一樣會擔心。

毛國惠那邊卻很慢，半天才傳來一句：但畢竟你回不來。

安修儀氣得站起來，辦公椅當場後傾「砰」地一聲摔在地上。

——她想，她應該立刻買機票回臺灣。

但是終究沒有。安修儀像一顆陀螺被打轉，自己停不下來。

初夏的時候，毛國惠丟來一條部落格連結和一條BBS連結。

部落格格主是個廢墟迷，翻牆摸進四維街一號，從玄關一路拍到二樓每個房間，把這座屋子描述成一個火山灰覆蓋的古龐貝城。每個空間都整齊，看起來就像屋主剛出門，差別只在所有物品的表面全部敷上塵埃。月曆撕到一半，時光停留在前一年。廚房流理臺上的一只馬克杯掛著茶包。窗臺上的玩偶造型鐘還沒耗盡電力，秒針兀自一格一格地前進。

BBS那篇文章，也是廢墟迷針對四維街一號的分享交流。似乎基於某種美學原則，他們並不指認確切地址，但是一比對部落格文章就昭然若揭。原PO現身說法，自稱潛入這屋子某個房間打算過夜，結果當夜聽見屋子憑空響起皮鞋踏地的腳步聲，嚇得等到日頭大亮了才敢逃竄出去。

紅燒魚說：這些白癡怎麼不去死！幾時我家鬧鬼我不知道？

AMAO說：腳步聲是安修賢的，我前陣子才知道她偶爾會回家走走。

紅燒魚說：太危險了，先叫安修賢裝個全天候的保全系統行嗎？

AMAO說：最近剛裝好，安修賢還請了保全來看家，只是沒有保全願意值夜。

紅燒魚說：香蕉你個芭樂，幹他花開富貴吉祥如意啦！

一串髒話打完，安修儀和毛國惠兩邊都靜止下來。

安修儀不知道毛國惠那邊怎麼了，但是她在這邊瞪著MSN的藍色視窗好久好久。她想，她還要多久才能拿到博士學位？

那天晚上她寫了一封電子郵件給安修賢，只有一句話：「我求你來洛杉磯可以嗎？」

隔天睡醒開電腦收信，安修賢回信裡也只有一句話：「那我求你回來四維街一號呢？」

安修儀鐵青著臉，說不清自己胸口裡燒起來的一團火到底燒個什麼緣故。

當天她進研究室跟指導教授重新規劃了研究進度，決定提早發表論文，以便通過後續的博士候選人資格考試。她驅車回家就拔掉網路線，冰箱冷凍庫囤滿吉士漢堡，每天啃三個漢堡埋首寫論文。冷凍庫見底的一個傍晚手機響起來，是久未聯絡的小叔叔安禮嘉。

「安修賢遺囑把四維街一號留給你。」

「靠，安修賢沒事寫什麼遺囑。」

「你不知道？她走啦。」

「她走去哪？」

「你太久沒講中文聽不懂嗎？安修賢死了。」

安修儀聽懂了，卻覺得自己沒有真正聽懂。

安靜下來的短暫時刻，電話另一端聽起來有海浪聲，強風吹拂獵獵作響。好吵。她想破口大罵「安禮嘉你他媽現在到底在什麼鬼地方」，但是說不出話來。

「安修賢的遺產不複雜，臺灣的劉律師還沒退休，會照樣協助你處理。安修賢名義上沒有晚輩，喪禮可以從簡。你這兩天回臺灣吧，剛好兩件事一起辦了。」

安禮嘉自顧自地吩咐，口吻平淡差不多像是遠方老家的鄰居死了一條狗。

「安禮嘉你這個王八蛋，死掉的是你的女兒！」

「你嘴巴放乾淨一點，我好歹是你叔叔。」

「你算哪門子叔叔，你衣冠禽獸，你沒血沒淚，你他媽到底哪天當過安修賢的爸爸？」

「你最好給我閉嘴，你以為我不委屈？」

「我操你媽的你委屈，你敢嫖妓怎麼不敢認女兒！」

這話踩到安禮嘉痛腳，話筒對面他大聲狂飆了好幾句髒話，半晌以後安靜下來。那頭全是浪聲。浪聲好吵，風聲好吵，聽得安修儀頭痛欲裂。

安禮嘉總算說話：「安修賢不是我的女兒。」

安修賢是阿爺的女兒。論輩分，安修賢是安修儀的小姑媽。當年阿爺金屋藏嬌，沒人料到六十幾歲的安將軍還有能力生孩子。安修賢一出生便做親子鑑定，血緣確鑿，阿爺才讓小老婆養在外頭。本來安修賢身分證明掛著父不詳，直到安禮嘉遭人捉姦，把事情捅到安將軍面前。

安禮嘉跟他大學時代的老師上床，老師卻是有婦之夫。安將軍得知小兒子師生戀兼同性戀，矢口斷絕父子關係，幕僚卻說有兩全其美的辦法。算年紀，二十五歲的安禮嘉生得出六歲的安修賢，安修賢記在安禮嘉名下，安家骨血認祖歸宗，安禮嘉也算有後了。彼時安禮嘉堅決不要嫖妓的惡名，但是安將軍認為同性戀比嫖妓更值得下十八層地獄，硬是把自己女兒換成了兒子的女兒。六歲的金禮賢，從此改名安修賢。安將軍的小老婆死活不依，反倒導致安修賢被送到正室老太太的身邊。

這種事情怎能瞞住十幾二十年？因為知情人少，個個守口如瓶。除了安修賢的生母，唯有阿爺、阿奶和安禮嘉。安禮嘉發過毒誓，但凡一個知情人在世，他就不能透露隻字片語。事到如今，所有人都走了。

安修儀肝火大熾，偏頭痛發作，話筒對面收線後，忍了又忍沒忍住把拳頭砸在桌面上，連砸了好幾拳，砸到拳頭沒有力氣舉起來，連手臂都知覺麻木。

好像其他的地方也麻木了。

❋

「小姑媽」的遺產連同四維街一號全留給了安修儀。

飛機落地的臺北時間是下午時分，安修儀轉車到高鐵再轉車，在日落以前走進四維街一號的圍牆裡面。

保全確認過安修儀身分，幫她開了大門。

玄關往內幾步路，安修儀舉目所見就是一座鬼屋。庭院長滿雜草，梁柱欄杆的水漆嚴重褪色，幾扇窗戶的玻璃龜裂，糊紙的拉門顯然有人刻意戳洞。遮雨的木門看似久未使用，如今走廊地板踩起來有幾處異常柔軟。夏末傍晚的夕照，襯得此地無比荒涼。

安修儀左轉，東廂是西式接待室、餐廳與廚房。

如同之前在部落格文章裡看見的，各個房間並不凌亂。西式接待室專門迎接貴賓，實際很少用，看上去像個花瓶簪假花，現在更顯死氣沉沉。餐廳的酒櫃整齊陳列每一瓶酒，連酒標都朝著同一個方向。打開廚房櫥櫃，碗盤餐具分門別類一一疊好。唯獨一只馬克杯放在流理臺上，留下主人不及打理的痕跡。

出來往西廂走，玄關所在的北廂另有一間日式接待室。逢年過節的接待室人潮不絕，安修儀和安修賢總要不斷地往內端茶送水。北廂與西廂交接的角落，是公用的儲藏室、鍋爐室和盥洗浴室。安修儀只看一眼，都能回想起少女時期跟安修賢猜拳搶浴缸洗澡的景象。

北廂拐彎過去，就是西廂的兩間個人臥室，以前住著朱爺爺和張司機，兩個老人家先後退休，西廂改作客房與休憩室。阿婆通勤上班，便有一間休憩室，偶爾臨時接手照顧的小孫女，總是暫時安置在西廂房裡。她和安修賢稀罕更小的小孩子，幾度一人一邊幫那個吃奶嘴的小女娃綁兩根沖天炮。

折返攀梯往二樓走。樓梯一上來，左手邊就是東廂二樓的第一間房間。有個小玄關能進去，往左看是有L型兩面開窗、十六疊榻榻米的大房間，往右看則是八疊榻榻米的小房間。以前阿奶就住這間，十六疊的房間做書房，八疊的睡覺。安修賢似乎仿照阿奶，也是一邊書房一邊臥房。大房間臨窗的一張書桌，桌上型電腦、螢幕和鍵盤滑鼠一應俱全，小房間裡擺著一張西式單人床。

再往後走，就是東廂最後一間臥室。童年的安修儀住進四維街一號，以及後到的安修賢，同在這間房住了好幾年。如今空蕩蕩。畢竟升上國中進入青春期，她們不耐煩姊妹同住，去將西廂二樓原來的兩間客房一人分配了一間。

二樓北廂是交誼起居空間。阿奶房裡有自己的電視，交誼廳的電視屬於安修儀和安修賢。她們在這裡打電視遊樂器，也在這裡邊看電視邊寫功課，有時在這裡招待同學朋友，也曾經在這裡因為千禧年政黨輪替的新聞直播鬥嘴吵架。

過去就是西廂。國中開始安修賢住西廂第一間，安修儀住第二間。如今開門來看，全是空無一物的模樣。什麼都沒了。對照記憶裡的景色，彷彿黃粱一夢。

就這樣子了嗎？

安修儀走回東廂那個空蕩蕩的童年老房間。八疊榻榻米大小，原來這麼狹窄嗎？以前一人一床棉被鋪在榻榻米上，恨不得兩張床鋪拉到最遠的距離，其實根本也分不了多遠。兩個小孩子啊，蠢也蠢得可愛。安修儀想笑，卻哪裡麻木，半點笑不出來。

日頭徹底落下去，只剩下晚霞有一點點餘暉。街燈暈黃暈黃的，屋子反而燈下黑，好像有個結界把外頭和內裡的兩個空間隔絕開來，街道有車聲，房間卻安靜極了。

安靜的房間裡安修儀聽見有節奏的細微聲響。

循聲去看，窗臺邊有個玩偶造型的時鐘，秒針一格一格地前進著。玩偶造型是個頭上綁著白布條的Q版男孩，白布條中央有個粉色桃子的圖樣，腰間配著武士刀。是個鬧鐘，鬧鐘指針設定在六點半。時間正在走，秒針再轉過去四分之一圈就是六點半了。

安修儀按下鬧鐘開關，鬧鐘陡然響起來還自己嚇一跳，連忙按斷聲響。

但是鬧鈴聲不尋常。

安修儀再按開鬧鐘，發現鬧鈴聲是一首機械聲唱出來的懷舊兒歌，忍不住連罵三聲「幹幹幹」。一個廢墟裡的鬧鐘唱兒歌，根本就是一齣恐怖片。

她再細聽了一段，又多幹一句這個鬧鐘設計未免太兩光，一首兒歌反覆唱的是同一段，根本沒有唱到結尾。永遠沒有盡頭的兒歌，簡直不能更像恐怖片了。

安修儀按掉鬧鐘，再開已經過鬧鐘指定時間，不唱歌了。她轉動鬧鐘指針，再按開一次。果然還是唱的同一首歌，同樣的第一段歌詞：

ももたろうさん　ももたろうさん（桃太郎　桃太郎）
おこしにつけた　キビダンゴ（你腰上掛的　吉備糰子）
ひとつわたしに　くださいな（請給我一個吧）

安修儀還以為自己真的完全麻木了。打死不去美國的安修賢，快把她氣死的安修賢，決裂的安修賢，像是上輩子孽緣的安修賢，超級無敵大白癡安修賢，沒道理她五年六個月沒跟安修賢講話了她還惦記著的安修賢。

但是歌聲裡安修儀突然就哭出來，哭得燒心灼肺，滿臉全是淚水。

＊

安修賢六歲開始保守的祕密，一個字也沒跟安修儀透露過。安修儀後來一遍遍回想同住四維街一號的那段時光，一遍比一遍更領會安修賢為何活得充滿稜角。難怪安修賢說要自己決定自己是誰，難怪安修賢對她投以憐憫無奈的眼神說：「我真的好羨慕你的無知。」

安修儀從美國飛回臺灣，走進四維街一號的那個當下，一口氣把安修賢連同安家祖宗十八代都罵完了，連她自己也沒想到最後決定留下來。

安修賢的書房裡收藏著幾個年代久遠的古物，古書、老玩具、舊皮鞋與老門牌。《臺灣料理之栞》是日本時代的老食譜，安修儀拿去問懂得日文的毛國惠。毛國惠原先因著安修賢的病逝跟安修儀有些抵觸，見她問起安修賢的收藏才態度軟化下來。毛國惠說幾年前和安修賢曾經做過調查，門牌上寫著的「幸町四丁目一番地」，就是日本時代四維街一號的地址，一九三八年落成作為總督府招待所啟用，日後變更用途為臺中州廳的職員宿舍。這座大屋子從單身宿舍發展為眷屬宿舍，因而住過家庭主婦和小孩子。戰後日人遣返所能攜帶的財物有限，帶不走的就留在這裡了。

終戰以後，中華民國政府全面接收日本帝國產業，這間屋子也由中華民國國軍接收作為軍官宿舍。不過，一九五〇年代後期軍官宿舍贈與軍友社，旋即出售給了安家。說來四維街一號成為安家財產的時間點，差不多正是安厚德升任少將的時候。阿爺竟然能把國家財產轉為私產，安修儀不免也是咋舌。

毛國惠問那你打算怎麼辦？

安修儀說難道我還要還給國家？

毛國惠搖搖頭。

「安修賢規劃過的，要出租四維街一號作宿舍。」

「那我就按照她的規畫來作宿舍囉。」

「你的博士學位怎麼辦？」

安修儀安靜下來，想了片刻以後說：「好像不重要了。」

真奇怪。原來做出這個決定並不困難。

安修賢有個筆記本，塗塗寫寫宿舍的打造規畫，畫著兩層樓的平面圖，每個房間寫上數字編號，以及簡短的幾筆注記。數字編號六個，在西廂兩層樓的四個房間與東廂二樓兩個房間。西廂二樓的二〇一室注記要修舊如舊，算是文化保存。東廂二樓的十六疊房以及正下方的一樓西式接待室，同樣注記著「書房」，而二樓兩間八疊房二〇三室與二〇五室則分別注記人名：「安修賢」、「安修儀」。

安修儀在那張平面圖前無語。

四維街一號全部整修完畢，正式出租是在二〇一二年。安修儀目的不在金錢，數度攆走不珍惜屋子的違約房客。她一邊摸索著當房東，一邊想著安修賢如果當房東大約也是這個模樣吧？

安修儀甚至比毛國惠找到更多線索。透過舊皮鞋的樣式與二〇一室柱子上的身高刻痕，能大膽假設曾經住過的小孩子是一名女童，換算年齡，大約是一九三〇年代後半出生。她試著朝日本方向調查，想要找到一名戰前曾經住過臺中市街幸町四丁目一番地的老太太。這能說是大海撈針嗎？簡直就是海底撈月。

時間走到二〇一八年，安修賢過世的第十年，往日本那邊的調查依然沒有結果。毛國惠問她找到那個老太太到底能怎樣？她也說不清楚。

「你在意的不是那個老太太，而是安修賢。」毛國惠說：「但是她走十年了，你做的很足夠了。」

十年了，很足夠了。安修儀同意。過不去的難題，必須有個退場機制。

餐廳的酒櫃裡整齊陳列著一排酒。十二瓶茅臺酒，是她和安修賢十足歲的那年，阿奶興起給她們補償置辦的女兒紅，說好等著婚禮上開酒喝。安修儀印象裡自己的那一打帶到美國就失去蹤跡，安修賢的則依然在四維街一號排排站好。另有高粱酒五瓶，酒標上留著安修賢的筆跡：「十九歲生日紀念」、「二十歲生日紀念」，一路寫到二十三歲。安修賢得年二十四，似乎那一年已經沒有力氣置辦生日酒。事過境遷，安修儀也無意拆臺阿奶究竟誰家會用茅臺白酒充作女兒紅，安修賢又怎麼會想到用高粱酒作生日紀念？總歸女兒花凋，一打茅臺、五瓶高粱，如今全該算作告別的花雕酒。

安修儀暗自下決定，喝光這十七瓶烈酒的那一天，就要把安修賢從心頭放下來。至於四維街一號，也許就讓地方政府收回去。

但是獨酌的第二年，房客裡出現了蕭乃云。

四維街一號出租以來，蕭乃云是對這座屋子各種功能最為熟稔、最有探究熱情的一位房客。安修賢遺留的圖書全放在交誼廳其中一格壁櫥裡頭，此前無人留意，安修儀沒料到蕭乃云會從裡頭找到那本《再版臺灣料理之栞》，更沒料到蕭乃云思路清奇做出了復刻料理。

那碗芋泥羹吃在嘴裡，安修儀忽然想，會不會安修賢也做過這種事情？

就是那天餐桌上，安修儀重新審視四維街一號裡的四名房客。

郭知衣，全心全意的自我追求，本質上是對現實世界某些層面的不屑一顧。

盧小鳳，外顯的溫柔細緻有一半是假象，其實一副傲骨把人我界線畫得清清楚楚。

徐家樺，聰明開朗的表面之下，有著比常人更高許多的自尊心。

蕭乃云，內向卻又勇敢，有一股偏執的傻氣。

安修賢那個自我中心、矜持驕傲、高自尊又偏執的大白癡，幾個人格特質正好能在四個房客的身上各自看到一點點。而且，安修賢當年的年紀也跟她們相去無幾。安修儀不由得想知道，如果她們發現那些古物會有什麼反應？

——那會不會就是安修賢當年的反應？

✻

所以，為什麼要將那些古物放在奇怪的地方讓房客找到？

炸春捲與潤餅捲擺開陣仗的餐桌上，安修儀講了一個堂妹變成小姑媽的故事。

「這個謎底真是太沉重了。」盧小鳳第一個開口。

「我沒有預期會聽見這種傷心的故事，居然真的是金田一風格的情節。」徐家樺一把鼻涕一把眼淚。

「但這聽起來還不是真正的謎底。就像毛國惠問過的，房東找到那個日本老太太又怎麼樣？一樣的問題，就算我們的反應很接近安修賢，知道安修賢的反應又怎麼樣？即使說是對故人的執念，這兩種行動都太耗時也太耗精力了。我想，應該還是有更核心的原始動機。」郭知衣完全進入推理狀態。
蕭乃云擤了鼻涕才說話：「我，我同意知衣學姐的論點。」
又是四個人的眼睛全看向了安修儀。
安修儀笑起來。
這個春天，她扭開了最後一瓶高粱酒。
日本那邊竟然傳來消息，果真有那個住過幸町四丁目一番地的老太太。
老太太已經過世。老太太的兒子高橋先生寫來英文的電子郵件，說安修賢曾經跟老太太通過兩次信件，書信還保留在高橋家。安修儀本想直接飛去山口縣的高橋家，然而世紀大疫讓日本政府全面鎖國。高橋先生年逾六十，手機翻拍的照片一片陰影，作為備分的傳真文件也不免失真，安修儀最後只能等待航空包裹。
安修賢寫給高橋老太太的日文信，就在前陣子送達。
安修儀完全不懂日文，帶去電梯大樓的小公寓工作室裡，閉關似地住下來，從日文五十音開始辨識學打字，一個字一個字丟進翻譯軟體裡面，花了幾天解讀安修賢的兩封信。
找到高橋老太太又怎麼樣？知道安修賢的反應又怎麼樣？
安修儀確實有更核心的原始動機。

升上小學中年級，阿奶首次讓她和安修賢在晚餐時間喝小半杯茅臺酒。她的體質大概不適合喝酒，當晚難受得跟生病一樣，睽違許久地在被窩裡面偷哭。房間太小，旁邊床鋪的安修賢問她：「你是在哭你爸爸媽媽不要你了嗎？」安修儀哭著反擊：「你爸爸媽媽也不要你了！」但那個時候安修賢沒回嘴，而是把軟軟的手放在她的腦袋上。

九歲的安修賢說：「我和你都沒有爸爸媽媽。一個人會孤單，兩個人就不孤單了。」

十九歲的安修儀跟十九歲的安修賢決裂之前，她一句話講到一半沒講下去。其實她真正想對安修賢講的是：「你一個人住在這裡，沒有跟我一起，難道不會太孤單了嗎？」

安修賢的癌細胞骨轉移到脊椎，影響造血細胞，接近血癌症狀。血小板指數過低，最後是腦出血走的。跟阿奶雷同，那是痛苦最小的走法。但阿奶走的時候有安修賢同住，安修賢卻是一個人。毛國惠發現安修賢過世，已經是十幾個鐘頭以後的事情。

安修儀買下安修賢過世所在的小公寓，四維街一號裝修期間就住在這裡。她住進小公寓，第二個月才發現客廳裡有臺已經絕版的電視遊樂器，那當下就開了機器打裡面的那張遊戲片。老遊戲片無法存檔，她邊打邊學，上手熟練到能一口氣打到破關，時間已經過去三個月。搬回四維街一號之後，小公寓改作工作室，她即使沒什麼正經工作，也還像上班打卡那樣天天報到，偶爾興起還照樣打那張遊戲片。

長達五年六個月的冷戰，導致安修儀對安修賢生命的最後階段毫無所悉。其實安修儀回到臺灣以來做的所有行動，都是想知道同一個答案。

安修賢過得好嗎？過得開心嗎？生活有樂趣嗎？找到安身立命的理由了嗎？

——她希望安修賢一個人在臺灣的日子，並不孤單。

安修賢寫給高橋老太太的兩封信，第一封是稀鬆平常的問候。中間高橋老太太回過一次信件，但安修儀沒找著，只能推測問的是四維街一號的現況，因為安修賢的第二封信件，詳細說明了四維街一號的建築細節。從二〇一室裡的身高刻痕、戰後增設的盥洗浴室，再講到前院的芒果樹連年結果，一一指認一九三八年到二〇〇五年的時光痕跡，足足寫滿五張信紙，聲稱這個建築保留了百年時光的人們的回憶，令人就像是住在一個熱鬧的大家庭之中。

安修賢寫下結論：「住在『幸町四丁目一番地』，我感到很幸福。」

安修儀在解讀信件的過程裡，喝光了最後一瓶酒。而那最後一滴酒圓滾滾地掉進酒杯裡，也像個句點。

這就是全部的謎底了。

餐桌上的眾人都很安靜。你看看我，我看看你。

唯有安修儀悠哉地用兩張潤餅皮捲了紅糟肉和花生糖粉來吃。

「……可是房東現在，其實很開心吧？」

這回第一個開口的，竟然是蕭乃云。

安修儀點點頭，笑咪咪地把那捲潤餅兩三口吃了，大大地吐出一口氣。

「哎呀，我也算是從謎團裡解脫了吧，果然這個世界是需要推理小說的。」

這話一出就像解開魔咒，引發各人的反應。

「不，這不是靠推理解決的謎團，是靠機緣巧合。」郭知衣說。

「你不吐槽是會死嗎？」

徐家樺舉手，「但是可是，那等我們畢業之後，四維街一號就不再出租了嗎？」

「嗯——應該說，打算還給政府吧。」

「政府、可靠嗎？」想不到是蕭乃云提出的質疑。

「這個問題太難了，下一題。」

「這麼聽下來，果然四維街一號的鬼故事全是假的了？」盧小鳳問。

「小鳳姐，你忘記我在浴室唱歌有人和聲了，看來應該還是地縛靈吧！」

「嗚。」

「和聲的應該是林雅婷吧。」

「蛤，地縛靈還有名字？」

「嗚嗚嗚。」

「林雅婷是阿婆的孫女，我沒講到嗎？裝修四維街一號的那幾年，林雅婷大學畢業回來舊地重遊，我才聽說她跟安修賢在阿婆的喪禮上碰過面。但是她們沒有更多接觸，大概是這樣剛才就沒講到她。」

「出場角色太多了。」

「又不是在寫小說，這是我的人生欸！」

「那為什麼，那位林雅婷，要在浴室外面和聲？」

「喔，林雅婷是教音樂演奏的，也有當駐唱歌手，大概是職業病吧。」

「這並沒有解釋到她為什麼會出現在宿舍外面，而且連續三天都幫家家和聲。」

「我沒車，林雅婷偶爾會來接我出門。連續三天是有點莫名其妙沒錯，我猜大概是家家很會唱歌吧。」

「所以這位林雅婷沒有走正門，癖好是在浴室外面當一個和聲的變態？」

「為什麼是朝這個方向解讀？林雅婷是我老婆，才不是——」

安修儀話還沒講完，餐桌前四個房客已經「咦」、「蛤」、「什麼」地叫起來。

「你們為什麼這麼驚訝，同性婚姻法早就通過了啊？」

「不是那個問題——」

「發展、超出預期——」

「這算反高潮敘事——」

「我還以為房東是母胎單身——」

餐桌陷入常態的混亂。

實在好吵。人聲有點像浪聲，也像風聲，呼呼作響。

但安修儀微笑，再拿了兩張潤餅皮，這次單純捲花生糖粉吃。

以前的四維街一號，並沒有吃潤餅的習慣。熱鬧的團聚時刻是在中秋節，阿奶與阿婆會出動兩架美式烤肉架和大型烤肉叉做ＢＢＱ。安修儀去年的中秋節本來也胡混過去，林雅婷和毛國惠見她萎靡，乾脆突襲抓她去野外烤肉。幾個女人失心瘋買一大堆食材沒吃完，讓她帶回宿舍，正巧颱風天煮了泡麵跟房客吃。

安修儀歷來只想維持房東和房客之間的應有距離，不過耳裡聽著餐桌上的七嘴八舌，既紛雜又融洽，打從心底感覺到這兩年的四維街一號，確實相當有意思。

也許，今年中秋能在四維街一號吃ＢＢＱ呢？

代跋

如果在二〇二〇年，一座植有芒果樹的日式老屋

楊双子

吃著多汁的
芒果
簷廊上
初聽
晨蟬的鳴叫[1]

這是戰前在臺日本歌人平井二郎詠夏的短歌。此歌所詠的意象之中，臺灣的芒果樹與日本建築的簷廊（又稱緣廊、緣側）這個組合，可以說是殖民地臺灣的特殊夏季風景。這道風景從戰前流傳至今，放眼今時臺灣各地，植有芒果樹的日式老屋依然並不罕見。

「臺中市西區四維街一號」這個地址之上，確實存在一座如同小說裡描述的日式老屋，以及那株高逾房頂的芒果老樹。這座建築於日本殖民統治時期的一九三八年落成啟

用，為時年總督府臺中州土地整理組合所有，今日則所有權屬臺中市政府地方稅務局，二〇一六年登錄為臺中市歷史建築。當二〇一〇年代後期最後一批住戶遷出，二〇二〇年代的四維街一號已儼然一座荒涼廢墟。

Google地圖上亦對這座建築標有名稱：「四維街日式招待所」，令人失笑的是它同時標示「暫停營業」。「暫停營業」的言下之意，等同假設「四維街日式招待所」原先具備營運功能，實際它作為公家機關所屬館舍，並不曾公開對外營業。Google地圖對一座歷史建築名稱的望文生義，可聊作笑話，然則這座建築的來歷，確實存在撲朔迷離的部分。

臺中市政府地方稅務局委託國立雲林科技大學臺灣文化資產修復與研究中心執行調查，於二〇二〇年完成「臺中市歷史建築西區四維街日式招待所修復及再利用計畫」，其成果報告書達四百一十二頁之譜。根據成果報告書所述，這座建築的最初功能尚未明朗：「現階段的研究工作中，尚無法確認四維街一號之建築當時是土地整理組合的招待所？職員宿舍？亦或是辦公室。」[2]這是不是有點令人驚訝呢？儘管建築落成的時間點距今不到百年，並且經過專業團隊的潛心研究，一座建築、一塊土地的身世記憶仍然可能是歷史的謎團。

此類歷史的未明之處，正是本書《四維街一號》的起點。

我首次對四維街一號這座建築感到興味，是在距今不近不遠的二〇一五年。兩層樓的日本式木造建築落在四維街與市府路T字形交接口，四維街路幅不寬，市府路乃單行道，幽靜的文教社區裡彷彿遺世獨立，反倒令人心生疑問。彼年研究文獻有限，官方照片寥寥無幾，唯有一篇廢墟迷的部落格文章所攝照片帶領讀者窺得內部實景。此後我數度在四維街一號圍牆外頭繞行，兀自揣想內裡景致。並不知曉它身世的我，因著透過破窗望進裡頭的一片頹傾氣象，暗自做了一個決定：我要以四維街一號寫一本小說，為它召喚更多關注。

便是二〇一五年，我在毫無官方資料的情況下畫出第一個版本的四維街一號平面圖，開始勾勒故事的雛形。而後二〇一九年，我以「長篇小說《四維街一號》寫作計畫」獲得文化部青年創作獎勵，正式啟動小說初稿的寫作工程。假使當年能夠預知二〇二〇年將有《臺中市歷史建築西區四維街日式招待所修復及再利用計畫成果報告書》面世，我想如今的《四維街一號》會根據史實開展故事，然而現實世界的時間線裡，是我以「四維街日式招待所」這座日式老屋為藍本，打造了一個虛構的「四維街一號」，令這座建築在戰後岔出一條日產層層轉變為私產的路徑，在當代作為女子宿舍之用。

避免虛構小說造成資料汙染，亦是為求慎重對待真實存在的「四維街日式招待所」，本文有意申明小說裡的「四維街一號」在產權轉移層面與事實不符。然則這座日本老屋的外觀至內在，我皆盡其所能還原一九三八年落成時日式建築傳統形制的可能模樣。此處需特別致意的是，書中建築空間得以重構，相當程度有賴臺中文史復興組合的格魯克先生、蔡承允先生，臺中市文化資產處，中興大學臺灣文學與跨國文化研究所時代的學妹吳曉恬小姐，以及插畫家鄭培哲先生，春山出版社總編輯莊瑞琳小姐與共同責任編輯林月先小姐。

——如果有一座一九三八年的日本建築，住著一群當代女性，這裡會產生什麼樣的故事？

空間是權力，空間是性別，空間是想像力。[3] 於我而言，空間也是歷史，以物質的細節保存人類的記憶。空間如何記錄時代，如何構成獨有的人際互動？以此為發想，我嘗試探索與描繪當代女性的「身體」如何「經驗」日式老屋這個歷史建築「空間」。更進一步說，餐桌作為時代的縮影，體現當下時空裡族群與文化的匯流，我同樣設想這個建築裡的餐桌又將如何展現時代風貌？作為長期書寫歷史小說的創作者，我透過一部以當代時空為故事背景的虛構小說，仍然是為了探究何謂真實的歷史文本。

飲食起居的日常情景，實則便是習焉不察的文化現場。做菜吃飯，閒話家常，人與人之間的情誼也總在餐桌上疊加與變化。大正年代的食譜書《臺灣料理之栞》，因此成為這座日式老屋與一群當代女性的關鍵連結，使《四維街一號》得以餐桌為起點，開展她們在老屋裡的生活點滴。但是小說並非紀錄片與研究論文，故事性的排序更為優先，在這個角度上來說，日本導演是枝裕和的《舞伎家的料理人》與日本漫畫家蒼樹梅的《向陽素描》是本作取徑與致敬的重要對象。

《四維街一號》在二〇一九年獲得補助，因而故事時間點以此年為起始，從二〇一九年初秋走向二〇二〇年的盛夏。孰料COVID-19世紀大疫爆發於二〇二〇年初，使得故事大綱不得不因應調整。而我歷經計畫展延、成果結案、書稿重寫，終至二〇二三年上半年完成小說初稿，世界各國與COVID-19疫病已經正式走入共存階段，此際回望小說以文字凝結二〇一九至二〇二〇年的時光片刻，不免感慨小說竟然意外成為時代的側記。

倘若《四維街一號》半世紀以後仍有讀者，這本小說自然也將成為歷史的切片。而那個時候，四維街一號是否已經修復完成並且對人們敞開大門了呢？且讓時間見證吧。

二〇二三年夏至於永和住處

1 平井二郎，陳黎、上田哲二譯，收錄於《臺灣四季：日據時期臺灣短歌選》（臺北：二魚文化，二〇〇八），頁六一。

2 計畫主持人李謁政，《臺中市歷史建築西區四維街日式招待所修復及再利用計畫成果報告書》（雲林：雲林科技大學臺灣文化資產修復與研究中心，二〇二〇），頁四一。

3 典出畢恆達教授的「空間三部曲」著作：《空間就是權力》、《空間就是性別》、《空間就是想像力》。

專文

美味與關係的旅程

謝金魚／歷史作家

我與双子都是臺中人、都研究歷史、都寫作，又都很愛吃，自從《花開時節》出版後經友人介紹相識以來，我們參與了彼此生命中的許多重要時刻，後來成為健身之友，再後來又成為經紀公司的同門，就連飲食也有許多類似之處，唯獨豐仁冰與滷肉飯各有所好，只能尊重。（哪一次不尊重？）

雖然我與双子在歷史與文學的興趣類似，但我主要還是以內亞與中國為主，對於臺灣史與臺灣文化，與其說研究，不如說是想從生活中補課，以彌補自己對於生身之土的無知。因此，有許多不解之處，還好有双子指點迷津，尤其是關於飲食的部分，我們交流口袋名單之外，也交流史料與論文，我也是因此得到了《四維街一號》中扮演了重要角色的《臺灣料理之栞》文本。

在我看來，《臺灣料理之栞》（一九一二）是臺菜歷史上最重要的一本書，其價值遠勝於《蓬萊閣菜譜》（一九三〇）。原因在於這本書的作者林久三在臺南活動，他記錄的菜色可以看見明確的南臺灣風情，不論是用料或者菜名，直到今日仍有一部分還存在於臺灣。此外，他明確地羅列了用具、食材名稱與做法，雖然我們可以想見他所訪問的廚師未必會對他傾囊相授，但大致的輪廓與雛形仍然值得研究。相較於此，北部的《蓬萊閣菜譜》就只有菜名，而且蓬萊閣主人為了吸引顧客特地到中國查訪、禮聘大廚，雖然因此成為北部酒家菜的重要源流，對當代臺菜的影響很大，但這些菜色並非原生於臺灣也是事實。

在《四維街一號》中，《臺灣料理之栞》既是穿針引線的「道具」，也預示了人物的背景。人物拿到食譜就想試做的心情，我想許多喜歡自己下廚的人也可以理解，但書中人物試做卻不只是好奇與研究，更重要的是隱晦而羞澀的情意。透過食物表達心意，這又是舊時臺灣的一種古意，不同節慶、不同時刻將不同的菜送到不同的人手中，是一種「懂的人就懂」的禮數，双子筆下的人物雖在現代，卻有著現今都市生活中早已遺忘的婉約心意。

婉約二字，幾乎貫穿双子大部分的作品，雖然她本人常被我們笑稱直男之友，但她筆下的故事卻細針密線，看似輕巧卻處處都藏了伏筆與考證。那種替人著想的心意、過度在意對方的提心吊膽與患得患失，在《四維街一號》的日式老屋中迴繞著每一個人物。我在閱讀時總覺得自己像是作家妹尾河童一般揭開了老屋的屋頂，俯瞰著人物們在她們的房間中暗自思量，懷揣著各自的心事與過去，小心地拿捏著彼此的分寸，像是老屋中的蜘蛛絲，微風一動就隨之振動。下午的陽光照進老屋，蛛絲閃著瑩瑩亮光，令人想到古書中的「晴絲」既是指著空中飄蕩的蛛絲，也是「情絲」。

從《花開時節》、《臺灣漫遊錄》到《四維街一號》，双子筆下的少女或者青年女性們都對身分的「平等」特別敏感，只是日治時代的少女們有臺灣與日本的身分差異，而《四維街一號》中的現代女學生們的平等落在更實際的經濟與自信上。明明存款見底也不想占人便宜的脆弱自尊，其實也是一種不得不堅強的偽裝，因為求助是一種安全感的展現，就像家貓可以隨意對奴才露肚皮要吃要喝，而街貓即便吃著罐頭也要蹲低身子以便隨時落跑。這種難以言喻的安全感若在一般向的小說裡總有一番糾結，但當主角都是女性時，那樣的不安就變得更容易同理。

在讀《四維街一號》時，我特別喜歡双子對於人物的側寫，透過每一章轉換的主人翁視角，我們看見了其他人物的形貌。在閱讀的時候我總想著，如果是男性作家來寫應該會更強調女性的身體，但双子似乎刻意地模糊了性別的邊界，可愛的不只是女孩的姿態，更多是性格顯現出來的光彩，讓四維街一號從一個單純的地址，變得更柔軟溫馨。

最後，當然不能不提到既是舞臺、其實也是角色之一的「四維街一號」。如果讀者有心拿去估狗，不難發現這確實是一個現實存在的古蹟。眾所周知，老屋維修不易，但維修完了其實也不好住，其因無他，百年前的人的身形遠比我們瘦小，生活的習慣與要求、當時的氣候環境與地景變化也與現在大不相同，因此住在老屋其實並不如想像的完美。這些現實與情感上的落差，我猜測是某一年双子因為駐村而在某古蹟中待了一陣子的感想（是嗎？）。這樣本身就充滿故事的房子，勢必要有一個足以撐起它的主人，因此，最後一章的鋪排無疑是讓這個輕盈明亮的故事添了沉厚的底蘊，就像臺菜烹煮羹湯或菜尾最後的「結」，把各自分散獨立的元素混合起來。

這本書是五段彼此交織、結合了美味與關係的旅程，只等你打開四維街一號的門，故事就此展開。

專文

以小說建構集體想像的日常性

邱常婷／小說家

初次走入蘇格蘭的大型書店，我在閒逛的過程中發現一個有趣的事實，即是從封面來看，一些明顯描述兩名女孩曖昧情愫的小說作品，往往不放在「同志文學」、「同性愛」專區，而是在「青年讀物」（Young Adult）或「小說」（Fiction）的分類裡。這說明了什麼呢？我認為是這些小說作品在西方文化已走向成熟和普遍，因此不再需要強調同性愛情的特殊性。

閱讀《四維街一號》帶給我類似的感受。首先讓我想起許多私心喜愛的日本漫畫與戲劇，如《春心萌動的老屋緣廊》（メタモルフォーゼの縁側）、《今晚是壽喜燒喔》（今夜すきやきだよ）、《想做料理的她與愛吃美食的她》（作りたい女と食べたい女）。這些作品捕捉日常的枝微末節、細膩情感，女性若喜愛烹煮美食，不為討好男性，而是自我實踐的一部分。如此堅定傳達出女性間的感情，無論友誼、忘年之交，或者姊妹情誼、愛情、百合，都以平常、自然的方式呈現，宛如本來就會在生活周遭不斷發生。

儘管或許實際上並非如此，類型小說必然會有風格化、戲劇化的可能，這些日常、普通的小事仍藉由作品漸漸形塑讀者對現實世界的理解。因此，我想在本文討論創作者藉由類型小說、大眾文學與讀者共同建立的集體想像，或能與人們對現實世界的既定印象進行對抗。而楊双子在本書中營造出的日常性，便不僅限於故事，還包含了如何使特定類型的小說在閱讀氛圍上更趨於日常。

暫且先回到故事本身，双子的寫作之於我總是乍看下像柔軟貓掌的淡雅文字與劇情，偶爾會伸出尖尖的爪子，輕輕地戳你的心。和上一部長篇小說《臺灣漫遊錄》相比，《四維街一號》更為輕盈。同樣寫食物，寫食物牽起角色間的情誼，本書在時空背景上移往讀者熟悉的現代，也將《開動了！老臺中》那份隨走隨食的生活感帶進了小說。相信閱讀本書以後，讀者會生出巡禮的渴望，尋找真實存在於臺中的四維街日式招待所、爬梳政府部門的修復與再利用計畫，《臺灣料理之琹》亦是能在臺灣研究古籍資料庫中找到掃描檔。有跡可循的美食所在地好比龍川冰果室、春水堂創始店、金鶴滷排骨飯、長崎蛋糕、檸檬餅……都能按圖索驥親自走訪。

如此結合臺中在地的特色飲食、小店，也因來自臺灣各地的角色帶來不同家庭、不同地區的飲食習慣與餐桌文化，讓小小一方餐桌成為長箸相投、互有指涉的交流場所。譬如哪些人稱調羹、哪些人稱湯匙？春捲和潤餅的說法又如何區分？不同地方的潤餅又包著怎樣的餡料⋯⋯凡此總總都在談笑間隨意交換，角色對話乍看之下不著邊際、前後矛盾，卻精準捕捉了人們日常口語的節奏，著實是熱鬧滾滾。

存在於現實，由臺灣總督府法院通譯林久三所著的《臺灣料理之栞》自押入中被發現，又是將百年前的飲食加入餐桌，像是從舊日時光再現的鬼魂，也串聯了整部小說的劇情主軸。在本書中美食之必要，是小說能夠色香味俱全的原因。以食物開篇，錯過的土芒果季與吃芒果後留下的黃色痕跡，凸顯了第一幕中第一個主要角色蕭乃云在人際關係上的生澀與不熟稔，是太過精準的描述與開場。

當乃云決定走入廚房為眾人製作芋泥羹，那不僅僅是以一介新人的身分嘗試融入新環境，煮食與使用廚房如同控制與權力，柔和地取走這份權力，便是使自己樣貌逐漸清晰的方法。其後乃云對另一角色的共煮協議、其他人在得知該角色的艱難狀況後做出的溫暖回應亦然。而對方接受與否，心念掙扎間也是將這份幽微的權力轉移悄然收放。

角色塑造於此顯得格外重要，《四維街一號》提供的五個主要角色都讓我想到典型人物的依循。我們都讀過少女漫畫最開始，有些難以融入群體的害羞主角，這樣的角色很像是讀者的代表，隨著劇情推進，引領我們一步步走入故事。而家鄉在臺東池上的徐家樺頗有陽光少女的形象、身為臺南關廟人的盧小鳳則是戴著假面的千金大小姐、郭知衣⋯⋯怎麼看都是人氣很高卻不自知、深具反差感的天然呆。也隨著角色們找到象徵過往記憶的物品，四維街一號的過去被召喚出來。從《臺灣料理之栞》記載的芋泥羹、生燒雞，到鐵皮玩具、舊皮鞋、木製門牌，最終匯聚於「幕後」的真相揭露。

故事以「幕」作為章節的切口，加上劇情主要發生於四維街一號日式招待所，營造出些許舞臺劇感。不同角色視角的四幕加幕後，實為五幕式的結構，幕後與其說是祕密的揭開，更像前文中默默匯聚的伏流一鼓作氣激盪出真相。

新的年輕生命在此交會，家族的祕密也在最後嫻熟串起。房東安修儀為主軸的「幕後」，作為最後的章節，私以為也是極有閱讀快感的結尾。因此，我想冒險討論陳腔濫調（cliché）之必要，不僅在於故事裡外室私生子的曖昧事此類中國言情小說套路，在双子寫起來可以一點也不黏膩獵奇，我也很難不為小鳳和知衣二人的情感關係所打動，那幾乎是我在閱讀所有的愛情小說時必定會期待的閱讀感受，在本書中讀到那處，實在忍不住要捂心口、四下打滾一番直呼好萌好萌。

大眾小說的敘事公式與典型人物的存在，其重點並不在於重口味或灑狗血的濃烈程度，而是「重複」。重複與讀者生命經驗相疊合處，重複我們的喜怒哀樂被激起的前因後果，而食衣住行的慣習差異，在感覺到作者寫入我們的內心、寫出我們的生命故事之時，又能勾動讀者對未知的好奇。不落俗套，卻仍貼近讀者，於我來看，便是大眾小說的魅力所在。

寫作本文之初，實有小小擔憂，深知双子珍而重之「大眾小說家」的身分，而非文學作者，並且認真地實行。從她的作品中也能看出她有所堅持，在一些純文學作者會忍不住要大力表現之處，双子經常是輕輕帶過，隱藏在平靜溫柔的文字下，卻又累積著歷史文獻資料的蒐集與田野調查。因此我當也不能夠以文學語彙強加其身，儘管双子的作品在未來勢必會被納入文學史中討論，她安身其中的方式，著實是輕緩且沒有痕跡。

双子通過小說建構出的歷史與記憶，我認為就創作者與讀者大眾一同建立出的集體意識，以及次文化創作上是十分重要的。那不一定是真正的歷史學，也不完全是陌生化我們已知的事物，而是建立一個讀者集體想像中的臺灣，消弭現實印象對虛構故事閱讀體驗的占據。双子的小說總是一遍又一遍地在做這樣的事情，如同開頭提到的書籍分類方式，讀者眼中曾經的特異元素，或因此而生的獵奇目光，終究會在各種優秀作品持續出現後歸於平常，如同吃飯飲水般自然。我想這或許也是楊双子以大眾小說建立了一個更為寬廣、能夠由讀者恣意想像的臺灣吧。

專文

城市的擬心術：百合的在地培育

曲辰／大眾文學研究者

一

倫敦的貝克街二二一號B和國王十字車站九又四分之三月臺大概是全世界最有名的兩個虛構作品中實際存在的地點，前者是柯南．道爾筆下的福爾摩斯與其助手華生的住所，後者則是J．K．羅琳的「哈利波特系列」中，要從「現實的世界」前往「魔法的世界」的重要中介點。

有趣的是，在柯南．道爾寫作的時代，貝克街只到八十五號，再過去就換路名了，那完全是一個他虛構出來的地址，而儘管真有國王十字車站，一般人也真能（在概念上）「經過」九又四分之三月臺，只是哈利波特的主要場景還是在霍格華茲這個完全虛構的魔法學院裡。柯南．道爾藉由虛構的地址來模糊小說與現實的邊界，羅琳則用真實的車站作為小說與現實的臍帶，他們都藉由場景的設計來調整讀者以及自身所處的世界與小說的距離——而不單單只是背景而已。

或者我們可以說，場景的選擇甚至關乎於作家如何描繪宇宙。

二

如果暫且忽略楊双子學生時期的言情小說作品，以《撈月之人》（二〇一六）作為論述起點，她至今的小說創作大致上都圍繞著「百合」與「歷史」這兩個關鍵字。

一般而言，「百合」常被視為是描寫女性情誼的文本類型，其中可以包括較為狹義的女性間親密關係，也能涉及與情慾無涉的女性之間的獨特羈絆，或者是更為複雜而隱微的互動關係。這詞如同ＢＬ或御宅族一樣，始發自日本，而後擴散到臺灣，儘管「有自覺的臺灣百合讀者」大致是在二十一世紀初浮現，但有著比較多的能見度與本土作品也是近十年的事情了。

楊双子的百合作品多半以一種「友達以上，戀人未滿」的姿態展現。小說家雖然曾在採訪中以自嘲的口氣說：「因為我少女心啦，我最喜歡曖昧的感覺！」但在我看來，這其實是一種類型策略性的展現，也就是相當早期就以百合為前提在寫小說的她，既需要凸顯百合的特殊性，又需要為這個文類保留多重可能，因此在親密關係邊界徘徊的曖昧狀態就變成其在乎的重點。[1] 同時，也因為這個文類年歲尚淺，正在孵化自己的形狀，每個書寫百合的作家都開始需要尋找臺灣與百合的關係，思索如何讓這個異國開出的花植栽到這塊土地上。

楊双子找到的答案無疑是「臺灣史」。將百合這種獨特的女性情誼觀點，置放在形塑臺灣這塊土地的過往歷程中，我們就可以發現屬於這塊土地，以及在這土地之上長出百合的在地姿態。所以自《花開時節》（二〇一七）開始，她就積極地開發百合與歷史的交會地帶。

回顧臺灣的歷史小說書寫，早期一九六〇、一九七〇年代走紅的歷史作家如高陽、南宮搏、章君穀，是屬於中國的大敘事歷史書寫；一九九〇年代遠流出版與實學社模仿日本歷史小說路線而出版的華文歷史小說，也是以中國人物為主（例如實學社的《秦始皇大傳》、遠流的《努爾哈赤》）。直到二〇〇〇年以後，施淑青、廖輝英等作家都嘗試著以現代的眼光去重探臺灣史。[2]也就是說，歷史小說和百合小說一樣，都在新世紀開始之時探索屬於臺灣的形狀。

對楊双子而言，她所面臨的課題，便是如何串接這兩種都在尋找自己新世紀聲音的文本類型。此外，由於自詡為大眾小說家，無法遁身於文學的象徵與隱微不可說之中，她還得找到一個跟讀者串接與溝通的橋梁。

於是，「臺中」便扮演了這個角色。

三

卡爾維諾曾在《看不見的城市》這樣提及城市與記憶的關係：

當來自記憶的浪潮湧入，城市就像海綿一樣將它吸收，然後脹大。對今日齊拉的描述，必須包含齊拉的一切過往。但是，這座城市不會訴說它的過去，而是像手紋一樣包容著過去，寫在街角，在窗戶的柵欄，在階梯的扶手，在避雷針的天線，在旗杆上，每個小地方，都一一銘記了刻痕、缺口和捲曲的邊緣。[3]

城市充滿了時間留下來的各種印記，我們無法辨識，所以無法理解，巷口的圍牆莫名缺了一角，是因為過去有間土地公小廟在那；原本城市的邊陲忽然出現一條大馬路而旁邊蓋滿了商場，是因為把運河填平變成馬路。

文化地理學家克朗（Mike Crang）曾用「刮除重寫的羊皮紙」（palimpsest）來形容這種情況。中世紀時期，由於書寫材料多半是羊皮紙，製作手續麻煩、價格也高，因此人們用工具刮除最上層留下之字跡，重新回收書寫。這個譬喻真正重要的地方在於「先前銘寫的文字永遠無法徹底清除，隨著時間過去，所呈現的結果會是混合的，刮除重寫呈現了所有消除與覆寫的總和」。[4] 任何之後的書寫都僅是「層疊」在過去的書寫之上，所有的訊息都疊覆在過去的訊息，沒有字句可以被單一地看見，所能看見的都是複數，我們只需要一個指認便能穿刺進時間的縫隙。

就像楊双子在她的碩士論文〈性別權力與情慾展演：臺灣本土言情小說研究（1990~2011）〉指出的，言情小說的女主角明明人在臺灣，卻直接穿越到中國古代去，好像這塊土地的歷史被跳過了一樣。為反其道而行，《花開時節》的女主角楊馨儀就是掉進臺中中興大學的中興湖，而穿越成日治時期王田楊家的屘千金「楊雪泥」，城市並未變動，時間軸卻悄然挪動，因此我們得以用現在對臺中的想像，摹想那個時候的地方面貌。

《臺灣漫遊錄》乍看是以縱貫鐵路為軸線的公路旅行，但兩個女主角的衝突與日常，仍是以臺中為舞臺，我們能依靠如今仍是豐原名產的鹹蛋糕，來探索千鶴子眼中的臺灣的二極性——既浪漫又野蠻，或者說正因為野蠻而浪漫。《四維街一號》不但書名就是臺中地名，更以一棟實際留存的日式建物，將臺灣的近代史折疊於內，更利用小說中的人物出身各鄉鎮，與臺中連結成一幅臺灣星盤。

就像柯南・道爾與J・K・羅琳藉由實際的地景連結想像與真實，楊双子也以臺中彌縫了此時與彼刻。

四

我曾和一個想研究楊双子小說的研究生聊到，其實解讀她小說的關鍵，都在《我家住在張日興隔壁》這本散文集裡。她是當代已經相當少見的「吾少也賤」型的作者，生命提供了足夠的材料，常常會看見她挖掘自己的生命經驗，轉譯成故事的骨幹，再靠著才華與努力來敷演出小說。

我們的經驗又往往跟地方密不可分，總愛在課間走過長長的走廊去上廁所只為貪看隔壁那個女孩在窗邊的側臉，下班後看到對面大樓壓過來的陰影好像更增加了內心痛苦的重量，雨天滑倒在地扭傷了腳因此躺在巷子的水窪中幾十分鐘才有人來救你。這些強烈的情感依附著我們對「空間」的記憶，因此每個人的記憶比起「時間」，可能更接近空間的形式。

楊双子在臺中念完了國小、國中、高中、大學、碩士班，還就業了幾年才搬到臺北，她熟悉這個城市的巷弄肌理，可以輕易地以臺中為空間建構出小說的場景，以及與此伴生的經驗系統，並且用這個經驗系統描繪的文字來說服我們文本內情感的根源與形式。講得簡單一點，在臺中，她就有主場優勢，得以調度一切可以操縱的感官經驗，為讀者打造一個可以悠遊的宇宙。

更令人訝異的是，她透過這種城市的訊息層疊與經驗累積，為她筆下的歷史與百合謀合出現代的形式。我們得以相信穿越的女大學生可以跟日治時期的少女談戀愛，也願意相信臺灣通譯有著與日本作家斡旋的勇氣，更樂見一棟老屋裡的五個女人靠著探索歷史來理解自己與她人的關係。

臺中在楊双子筆下成為一個仲介，讓她得以攀附歷史、延伸情感，並形構自己的與讀者的內心。

故而作家能用小說培育在地的百合花樣，也為歷史找到自己的聲音，並且言說出她在小說中所不曾言說，但吾輩讀者都應自然而然接收到的，那個關於臺灣命運的期許。

---

1 例如我們可以從百合觀點來看電視劇《華燈初上》，不過對觀眾或讀者而言，他們恐怕會困惑於那所謂的「百合」究竟與其他戲劇作品的差別是什麼。因此如何把握住百合的「核心」又不會讓它被其他類型同化，就變成這些百合作家的重要功課。

2 當然例如鍾肇政、李喬，也都在一九九〇年代嘗試著書寫歷史小說，如「濁流三部曲」、「寒夜三部曲」，但由於時代氣氛與言論管制，當時並未造成太大的影響力，反而是如今會以此重省其定位。

3 伊塔羅・卡爾維諾（Italo Calvino），王志弘譯，《看不見的城市》（臺北：時報，一九九三），頁二〇。

4 Mike Crang，王志弘、余佳玲、方淑惠譯，《文化地理學》（臺北：巨流，二〇〇三），頁二七。

春山文藝 028

四維街一號

作　　者　楊双子
總 編 輯　莊瑞琳
責任編輯　莊瑞琳、林月先
行銷企畫　甘彩蓉
業　　務　尹子麟
封面、內頁繪圖與設計　鄭培哲
內頁排版　張瑜卿
法律顧問　鵬耀法律事務所戴智權律師

出　　版　春山出版有限公司
地　　址　116臺北市文山區羅斯福路六段297號10樓
電　　話　(02) 2931-8171
傳　　真　(02) 8663-8233

總 經 銷　時報文化出版企業股份有限公司
地　　址　桃園市龜山區萬壽路二段351號
電　　話　(02) 2306-6842

製　　版　瑞豐電腦製版印刷股份有限公司
印　　刷　搖籃本文化事業有限公司
初版一刷　2023年8月
定　　價　360元
I S B N　978-626-7236-48-2（紙本）
978-626-7236-46-8（PDF）
978-626-7236-47-5（EPUB）

本書獲文化部青年創作獎勵

國家圖書館出版品預行編目（CIP）資料

四維街一號／楊双子著
__初版．__臺北市：春山出版有限公司，2023.08
__面；14.8×21公分．__（春山文藝；28）
ISBN 978-626-7236-48-2（平裝）

863.57　　112011690

春山出版　填寫本書線上回函

EMAIL SpringHillPublishing@gmail.com
FACEBOOK www.facebook.com/springhillpublishing/